W0064806

ro
ro ro
ro

Petra Oelker, geboren 1947, arbeitete
als freie Journalistin und veröffent-
lichte Jugend- und Sachbücher. Dem
großen Erfolg ihres ersten histori-
schen Kriminalromans «Tod am
Zollhaus» (rororo 22116) folgten vier
weitere Romane mit der Schauspielerin Rosina als Heldin. Ihr neuer
Roman «Der Klosterwald» erschien
2001 im Wunderlich Verlag

Petra Oelker

Nebelmond und die seltsame Mitgift

Unheimliche Geschichten

Rowohlt Taschenbuch Verlag

Veröffentlicht im Rowohlt Taschenbuch Verlag GmbH,
Reinbek, Januar 2002
Copyright © 1999, 2001, 2002 by Rowohlt Taschenbuch Verlag GmbH,
Reinbek bei Hamburg
«Vom unheimlichen Wirken einer seltsamen Mitgift auf
einer Insel im Moor»
aus «Der Dolch des Kaisers», 1999 veröffentlicht im
Rowohlt Taschenbuch Verlag GmbH, Reinbek bei Hamburg
«Nebelmond» Copyright © 1999 by Petra Oelker
Erstmals erschienen 1999 in der Reihe «SCHWARZE HEFTE» vom
Hamburger Abendblatt, Axel Springer AG,
2001 veröffentlicht im Rowohlt Taschenbuch Verlag GmbH,
Reinbek bei Hamburg, als Sonderdruck
Umschlaggestaltung Susanne Heeder
Foto: photonica / Terry deRoy Gruber
Satz Palatino PostScript, PageOne
Gesamtherstellung Clausen & Bosse, Leck
Printed in Germany
ISBN 3 499 33181 0

Die Schreibweise entspricht den Regeln
der neuen Rechtschreibung.

Inhalt

Nebelmond

«Scheiße.» David gab der Maus einen ärgerlichen Schubs, lehnte sich in seinem Stuhl zurück und starrte auf den Monitor. Schon wieder nach zwei Minuten totgeschossen.

«Blödes Spiel», murmelte er. Und: «Selbst schuld.» Er hatte es unbedingt haben wollen, alle hatten es, und alle fanden es große Klasse. Es hatte gedauert, bis Ulla es ihm gekauft hatte. Sie mochte keine Computerspiele. Jedenfalls keine wie dieses, doch andere, das hatte sie zugegeben, waren nur für Babys. Jedenfalls war sie nicht wieder mit der Arie von ‹Lies-doch-mal-ein-Buch-oder-mach-was-mit-Freunden› gekommen. Das wäre auch sinnlos gewesen. Alle waren verreist.

«Scheißspiel», sagte David und erschrak

vor dem Klang seiner Stimme in der Stille der Wohnung. Er rollte seinen Schreibtischstuhl zurück und stand auf. Halb acht, sie musste bald kommen. Eigentlich konnte ihm egal sein, wie das Spiel war, dann spielte er es eben nicht mehr. Andererseits, es war teuer gewesen, er konnte ihr nicht sagen, dass er es blöde fand. Für die Herbstferien, hatte sie gesagt, damit du dich nicht langweilst. Und dabei wieder diesen Blick gehabt, von dem er nie wusste, ob er schuldbewusst oder vorwürflich war.

Das Telefon klingelte, und bevor er abnahm, wusste er schon, was nun kommen würde. Er hatte Recht. «David.» Sie redete gleich los, hastig und ein bisschen atemlos. Wer sie nicht kannte, würde glauben, sie sei einfach nur in Eile. David kannte seine Mutter genau. Sie war wütend. Wieder hatte er Recht.

«Es tut mir so Leid, aber es dauert hier *noch länger.* Lund ist plötzlich eingefallen, dass auch noch das Angebot für – ach, ist ja egal, jedenfalls muss heute noch was raus, und es wird später. David? Hörst du mir zu?»

Das fragte sie immer, wenn sie mal wieder so schnell redete, dass man nicht dazwischenkam. «Klar hör ich zu. Du kommst später. Kein Problem. Ich hab ja das Spiel. Das ist wirklich gut. Ich muss nur noch ein bisschen üben, dann …»

«Wirklich? Na, wenn du es sagst. Dann üb schön. Um halb zehn bin ich zu Hause, spätestens um zehn. Und du gehst nicht mehr raus, nicht? Versprochen? David?! Versprochen?»

«Klar, versprochen. Es ist ja stockdunkel draußen.»

«Ich weiß, dass ich mich auf dich verlassen kann. Ich dachte nur, falls du dich langweilst. Und mach dir was zu essen. Im Kühlschrank – aber das weißt du ja. David?»

«Ja?»

«Es tut mir Leid, dass das mit Hans nicht geklappt hat. Am Wochenende machen wir was ganz Tolles. Überleg schon mal, worauf du Lust hast. Nun muss ich mich beeilen. In zwei Stunden bin ich da, höchstens in zwei-einhalb. Tschüs, Liebling, bis nachher.»

Es machte ‹klack›, und die Leitung war tot. David steckte das Telefon in die Halterung und ging in die Küche. Ihm tat es gar nicht Leid, dass Tante Sybille sich beim Tennis den Fuß verstaucht und Onkel Hans ihm deshalb abgesagt hatte. Was sollte er in Frankfurt? Da kannte er keinen, und nur damit er in den Ferien verreisen konnte? Abendfüllend waren Onkel Hans und Tante Sybille auch nicht gerade. Wahrscheinlich brauchten die ihn sowieso nur als Babysitter für Timmi. Außerdem hatte er überhaupt keine Lust, sich von Onkel Hans wieder anzuhören, dass seine Schwester den falschen Mann geheiratet hatte, er habe das gleich gewusst, nun sei der weg, seit Jahren schon, zahle keinen Pfennig, und nicht mal 'ne Karte zum Geburtstag für seinen Sohn. Dann würde Sybille sagen: Sei doch still, Hans, der Junge hat es schwer genug, du musst ihn nicht auch noch mit diesem Versager von Vater voll quatschen …

David hatte wirklich keine Lust gehabt, nach Frankfurt zu fahren, auch wenn die einen noch so tollen Pool im Anbau hatten und einen Fernseher, halb so groß wie ein Fußballfeld.

Er öffnete den Kühlschrank, zog den Topf mit dem Nudelauflauf heraus und stellte ihn gleich wieder zurück. Die Tafel Nussschokolade von vorhin lag noch dick und fettig in seinem Magen. Plötzlich erschien ihm die Wohnung eng und muffig. Ein eigenes Schwimmbad wäre wirklich cool, und eine Terrasse, auf der man in der Sonne frühstücken konnte mit einem großen Garten dahinter, so einen wie hinter dem Haus von Mike. Mikes Eltern hatten ständig Gäste, vor allem im Sommer, Grillfeste und den Garten voller Lampions. Manchmal, hatte Mike gesagt, wenn die Geschäftsfreunde von seinem Vater eingeladen waren, kamen auch Kellner. Die könne man mieten, hatte Mike gesagt, im schwarzen Jackett. Oder im roten, wahlweise. Mikes Eltern waren ganz nett, aber Ulla hatten sie noch nie zu ihren Festen eingeladen. ‹Macht nichts›, hatte sie neulich gesagt, ‹deren Gäste sind garantiert alle total aufgebrezelt, was sollte ich da anziehen?›

Ein durchdringendes Geräusch hinter dem Fenster ließ ihn zusammenfahren. In der nachtschwarzen Scheibe spiegelte sich die Küche, das müde Licht der Straßenlaternen am Goldbekufer war dahinter nur schemenhaft zu erkennen. Er beugte sich vor, legte die Hände gegen das Licht der Küchenlampe wie einen Tunnel zwischen Schläfen und Fensterscheibe und starrte hinaus. Die Schwärze der Nacht war milchig geworden. Es war erst Mitte Oktober, aber schon seit Tagen kam mit der Nacht der Nebel. Wie in England, hatte Frau Ditteken aus dem ersten Stock gestern geschimpft. Die schimpfte allerdings über jedes Wetter, immer war es ihr zu kalt oder zu heiß, zu nass oder zu trocken. Nun eben zu neblig.

Ein Auto rollte langsam vorbei, sicher auf der Suche nach einem Parkplatz. Der Goldbekkanal auf der anderen Straßenseite hinter den schmalen Gärten am abfallenden Ufer war im Dunst kaum mehr zu erkennen. Die kleinen Bootswerften, der Kiosk und die großen alten Bäume am jenseitigen Ufer – nicht mehr als Schemen. Es waren nur die wilden Gänse gewesen, die draußen geschrien hatten. Manchmal flogen sie in der Nacht über den Kanal, dann schrien sie auf diese seltsam schrill-krächzende Weise.

Er mochte ihr Geschrei nicht. Vor allem, wenn er allein in der Wohnung war. Er ging wieder zum Kühlschrank, nahm die Cola-Flasche raus und füllte ein Glas. Durch die Wand zur Nachbarwohnung drang Musik. Humptahumptahumpta. Die Merricks guckten im Fernsehen die lustigen Volksmusikanten. Manchmal sang Frau Merrick mit, heute nicht, das bedeutete, dass Herr Merrick zu Hause war. Keine Spätschicht also.

Üb schön, hatte sie gesagt. David trottete zurück in sein Zimmer und setzte sich wieder vor den Computer. Als er das nächste Mal auf die Uhr sah, war es Viertel nach neun. Der Nebel vor dem Fenster war noch dichter geworden. Sie würde nun bald kommen, mit raschen kurzen Schritten die Treppe heraufeilen, die Tür aufschließen und, während sie noch den Schlüssel aus dem Schloss zog, rufen: ‹Ich bin da!! Mensch, war das ein Tag, hast du was gegessen? Ach, bin ich froh, dass ich endlich da bin. Hast du deine Schularbeiten gemacht?› Nein, das Letzte nicht, sie würde nicht vergessen haben, dass Ferien waren. Immer das Gleiche, immer mit der gleichen gehetzten, schrecklich munteren Stimme. Schon wenn er ihre Schritte auf der Treppe hörte, spürte er, wie sich seine Schultern hochzogen. Vor diesem Schwall von hektischer Munterkeit. Warum machte sie das? Warum tat sie so, als wär alles toll und ihr Job die reine Freude? Als wär's das Größte, in zweieinhalb Zimmer, Küchedusche klo zurückzukommen.

Überstunden? Im Büro war einfach mehr los als zu Hause. Geh nicht mehr raus, David. Klar, hatte er gesagt, und: Versprochen. Andererseits: Nur einmal die Straße runter, über die Moorfurthbrücke und am anderen Ufer zurück. Das dauerte, wenn er sich beeilte, nur eine Viertelstunde, höchstens zwanzig Minuten. Sie würde es nicht erfahren. Und wenn doch? Wenn sie früher kam? Dann sah sie eben auch mal, wie es war, wenn keiner zu Hause war. Er rannte die Treppe hinunter, im ersten Stock ging eine Tür auf, Frau Ditteken streckte die Nase durch den Spalt über der Türkette. Anderthalb Meter tiefer versuchte sich Kuno, eine braune Mischung aus Dackel und Rollwurst, knurrend in den Flur zu drängen. Zum Glück war er nicht dünn genug.

«Ach, du bist es, David. So spät noch nach draußen? Ich weiß ja nicht. Wenn ich deine Mutter wäre …»

«'n Abend», nuschelte David, murmelte noch etwas wie: «Nur schnell einen Brief zum Kasten bringen», und war schon im Erdgeschoss verschwunden. Als die Haustür hinter ihm ins Schloss fiel, atmete er auf. ‹Wenn ich deine Mutter wäre …› David schüttelte sich, kroch tiefer in seine Jacke

17

und begann, die Straße hinunterzulaufen. Plötzlich hatte er es sehr eilig. Er wollte unbedingt wieder zu Hause sein, bevor sie kam.

Der Nebel lag wie wässerige Milchsuppe über dem Kanal, verschluckte die Geräusche der Stadt und machte alles grau. David ging langsamer, er sah zum Himmel hinauf und fühlte sich wie in einem Aquarium. Die feuchte Kälte kroch in seine Ärmel und legte sich um seinen Hals. Er schloss die Jacke, steckte die Fäuste in die Taschen und ging weiter.

Er fror, die milchig graue Düsternis war unheimlicher als die schwärzeste Nacht, und obwohl die Stadt voller Menschen war, schien sie ausgestorben. Nicht mal an der Bushaltestelle gegenüber dem Goldbekhaus stand jemand. Sicher war der 106er gerade durch. Auf der Moorfurthbrücke blieb er stehen und sah auf den Goldbekkanal hinunter. Pechschwarz, ein paar Enten trödelten am Ufer herum, über dem Wasser war der Nebel nicht so dicht, sondern waberte in Schwaden. Wie in einem dieser Science-Fiction-Filme im Fernsehen, in denen irgendeine klebrige außerirdische Lebensform durchs All geschwebt kam und das Raumschiff der Guten bedrohte. Hinter der Brücke bog er in den Fußweg ein, der erst direkt am Kanal entlang, dann vorbei an den Werften und durch die Schrebergärten bis zur Barmbeker Straße führte. An Sommertagen war der Weg ein lichter grüner Tunnel unter hohen Bäumen, Spazierweg für alte Damen mit dicken Hunden, für Mütter mit Kinderwagen, ein paar Radfahrer und Jogger – jetzt war er nur ein schwarzes Loch. Er könnte einfach zurückgehen, die Treppe raufrennen, den Auflauf heiß machen, Tee kochen. Sie würde hungrig sein. Könnte er machen, ganz einfach. Hastig tauchte er in die Dunkelheit ein.

Er hatte keine Angst. Er ging nur so schnell, weil ihn fror. Da, wo die Werften begannen, machte der Weg einen scharfen Knick nach links, dann noch einen nach rechts, und nun lag ein Stück des Weges gerade vor ihm, bis er in der Nebelnacht versickerte. Links erst eine Mauer, dann Gebüsch, auf der rechten Seite die kleinen Bootswerften. Der Nebel erschien ihm hier nicht ganz so dicht, aber vielleicht hatten sich seine Augen auch nur an die Dunkelheit gewöhnt.

Von den Werften war nicht viel zu sehen: Die Seitenwände flacher Schuppen, von dichtem Gebüsch und alten, schon fast laublosen Bäumen überragt, die Ausfahrten durch mehr als mannshohe Tore fest verschlossen. Nur bei der zweiten Werft schimmerte ein Licht hinter dem Tor. Ein mattes Licht nur, sicher keins, bei dem die Bootsbauer arbeiten konnten. Arbeiteten Bootsbauer überhaupt so spät noch?

David wollte gerade eine plattgetretene Bierdose wegkicken, als er die Stimmen hörte. Männerstimmen, erst eine, dann eine zweite, nicht laut, aber doch heftig, wie schon gesagt, der Nebel dämpfte alle Geräusche. Er hatte nun das Tor zur Bootsvermietung erreicht, da gab es im Sommer auch ein

kleines Cafe direkt am Kanal, Kübi's Bootshaus, jetzt war es schon für den Winter geschlossen. Daher konnten die Stimmen also
nicht kommen. Geh nach Hause, David,
hörte er die Stimme seiner Mutter, aber natürlich war es nicht wirklich Ulla, es waren
diese verfluchten Gedanken in seinem Kopf,
die immer auftauchten, wenn er etwas tat,
das er nicht tun sollte. Klar, dachte er, gleich,
und schlich weiter an der Hecke entlang.
Jetzt hörte er nur eine Stimme, sie klang näher, aber dafür redete der Mann leiser. Die
Stimme kam nicht von den Werften, auch
nicht von einem der Balkone des Mietshau-
ses, das hier bis an den Weg reichte; sie kam
von den Bänken unter der Weide, von dem
schmalen Grasstreifen hinter den uralten
Bäumen zwischen dem Ende des letzten
Werftgrundstücks und den Schreberparzel-
len vom ‹Kleingartenverein Goldbek›. Nun
wurden die Stimmen wieder heftig, redeten
beide gleichzeitig, David verstand nur Satz-
fetzen. «Damit kommst du nicht durch»,
dann ein hartes Lachen, dann: «... glaubst

wohl … alles kriegen … und Melanie … nie!»

Micki, der zwei Jahre älter war als David und abends ziemlich oft rausging, hatte erzählt, auf den Bänken unter der Weide träfen sich Junkies mit ihren Dealern. David hatte ihm das nicht geglaubt. ‹In Winterhude? Hier ist doch nichts los›, hatte er gesagt, und Micki hatte gesagt: ‹Das glaubst du, weil du keine Ahnung hast, Kleiner.› Er hatte auch noch was von Typen mit Kampfhunden erzählt, David war nicht ganz klar gewesen, ob er mit ‹Typen› die Dealer oder andere Männer meinte. Egal, wenn er jetzt an der Wiese vorbeiging, würden die Hunde ihn womöglich riechen, würden angeflitzt kommen und … Er drückte sich in die Hecke und hielt den Atem an. Geh nach Hause, Idiot, sagte es in seinem Kopf.

«Verdammt, Henry», hörte er nun eine wütende Stimme, «verdammt … bist du verrückt?! Wenn du glaubst …»

Ein kurzes, dumpfes Geräusch, dann war es still.

David hielt den Atem an. Er wollte weg-
rennen, doch jetzt war es zu spät. Hund zer-
fleischt Jungen, würde in der Zeitung stehen.

«Henry! Henry? Scheiße.»

Das «Scheiße» klang ganz nahe. David
hörte schnelle Schritte, er presste sich noch
tiefer in die Hecke, ein scharfer Ast drückte
sich in seine linke Schulter, aber das spürte er
kaum. Eine hoch gewachsene Gestalt in einer
hellen Jacke, so eine, wie sie Schimanski immer anhatte, trat zwischen den Bäumen hervor auf den Weg, sah kurz nach links und
nach rechts und verschwand mit langen
Schritten im Durchgang zum Poßmoorweg.
Ein Wunder, dass er David nicht sah. Aus
einer der Wohnungen in den Mietshäusern
hinter den Hecken erhob sich Gebrüll: «Tor-
tortortor.» Und: «Lilli, bring noch Bier mit.
Was für ein Elfmeter!» Auf der Barmbeker
Straße ließ irgendein Fußballfan am Autora-
dio triumphierend seine Autohupe aufjau-
len.

David löste sich aus der Hecke. Es waren
nur ein paar Schritte bis zum Pfad, der zu

den Bänken bei der Weide am Ufer führte. Immer noch waberte milchiger Dunst vom Wasser auf, da schob sich der Mond, nur ein blasser, nebelverhangener Fleck, hinter einer Wolke hervor, und Ulla sagte später, der verdammte Nebelmond sei schuld gewesen. Jedenfalls fiel dieses komische Licht auf den Wiesenstreifen hinter den Bäumen. Es sah ein bisschen aus wie bei E. T., als das Raumschiff kam, aber da war nicht E. T. Da war, das konnte David genau sehen, ein Mann. Der saß auf der Erde, den Rücken gegen die Bank gelehnt, ein bisschen schief, gesund sah das nicht aus.

Hau ab, sagte die Stimme, hau endlich ab. Aber wenn der krank war? Oder ohnmächtig? Vielleicht brauchte der Hilfe. Nach einem Streit bekamen Erwachsene schon mal einen Herzanfall, das war neulich im Fernsehen, wenn keiner half ...

Von nahem sah der Mann auch nicht gesünder aus. «Hallo», sagte David. «Hallo, ist Ihnen schlecht?» Warum flüsterte er eigentlich?

Der Mann antwortete nicht – jedenfalls nicht richtig. David glaubte so etwas wie «Pffff» zu hören, der Körper rutschte langsam zur Seite – und David begann zu laufen. Er rannte den kurzen Pfad zum Weg zurück. Vielleicht war ja doch noch jemand in der Werft und rief einen Krankenwagen. Da, wo das Licht gewesen war, vielleicht...

Fünf Schritte weiter, und er hätte den Mann umgerannt. Aber das tat David nicht. Er erkannte ihn sofort, seine helle Jacke, so eine, wie sie Schimanski immer anhatte, genau so eine. Und der Mann sah David. Blieb abrupt stehen und starrte ihn an.

David rannte. Rannte, wie er noch nie in seinem Leben gerannt war. Rannte unter den Bäumen durch und stürzte in die Heckenschlucht zwischen den Schrebergärten, rannte und hörte die Schritte hinter sich, Schritte, die immer schneller wurden.

«Bleib stehen», rief eine Stimme. «So bleib doch stehen.» David rannte, als gelte es sein Leben, als spüre er den fremden Atem schon im Nacken, den Griff der Faust schon an seiner Jacke. Straßenlaternen. Das war die Barmbeker Straße. Bremsen kreischten, eine Hupe jaulte zornig auf, dann war er auf der anderen Seite. Weiter. Weiter auf dem schmalen Weg durch die Grünanlage, ohne zu denken, wie ein Hase, mit immer schwereren Füßen, mit immer weniger Luft. Schweiß rann ihm den Rücken hinab. Wieder ein Licht. Blau und weiß. Die Polizeiwache am Wiesendamm. Erst jetzt merkte er, dass keine Schritte mehr hinter ihm waren.

Keine Schritte, kein Mann in einer hellen Jacke. Niemand. Selbst der Mond war wieder hinter Nebel und Wolken verschwunden.

Ulla Bauer zündete sich gerade die fünfte Zigarette an, als das Telefon klingelte. Das schrille Läuten ließ sie zusammenfahren, das brennende Streichholz fiel mit verlöschender Flamme zu Boden, und bevor das zweite Klingeln durch die Wohnung dröhnte, hatte sie schon den Hörer vom Apparat gerissen. Ja. Ja, natürlich sei sie Frau Bauer. «Wie? O mein Gott», rief sie und: «Gott sei Dank. Ich bin gleich da. In vier Minuten. In drei!» Zum zweiten Mal an diesem Abend hörte Frau Ditteken eilige Schritte auf der Treppe, aber bevor sie die Tür öffnen und der Nachbarin aus dem vierten Stock sagen konnte, dass es gar nicht gut sei, wenn Jungens so spät nachts draußen rumliefen, war Ulla Bauer schon verschwunden. Die Haustür fiel ins Schloss, und als Frau Ditteken ihr Küchenfenster erreichte, sah sie Davids Mutter gerade noch mit wehendem Mantel die Straße hinunterlaufen und im Dunst verschwinden.

Zum zweiten Mal an diesem Abend stürzte jemand völlig außer Atem in die Polizeiwache am Wiesendamm. Anders als ihr Sohn eine Stunde früher interessierte sich Ulla Bauer nicht im Mindesten für die Polizisten hinter dem hohen Tresen. Sie sah nur ihren Sohn auf der Bank neben der Tür und erdrückte ihn fast mit ihrer Umarmung.

«Ist ja gut, Mama.» David wand sich unbehaglich aus der Umklammerung. «Mir ist nichts passiert. Da war nur dieser Mann. Und der andere. Dann bin ich weggerannt, und der eine ist mir nachgerannt. Der andere nämlich. Aber ich war schneller. Ja. Die waren wirklich da, aber das glaubt mir hier keiner.»

Er warf einen unsicheren Blick zu den vier Polizisten, die sich hinter dem Tresen aufgebaut hatten und grinsend auf Mutter und Sohn hinuntersahen. «Die glauben mir nicht», fuhr er leiser fort, «die denken, ich hab mir das ausgedacht. Hab ich aber nicht. Ich …»

«Moment, David. Eins nach dem anderen. Eigentlich möchte ich zuallererst wissen, wieso du um diese Zeit überhaupt draußen warst. Ich bin fast gestorben vor Angst. Aber darüber unterhalten wir uns später. Ich bin Ulla Bauer», wandte sie sich an die immer noch grinsenden Männer. «Davids Mutter. Sie haben mich angerufen. Was ist passiert?»

«Tja», sagte einer der Männer und machte ein amtliches Gesicht, «wenn ich mal Ihren Ausweis …» Während die anderen sich wieder an ihre Schreibtische verzogen, betrachtete der Polizist am Tresen den Ausweis, nickte und schob ihn wieder zurück. «Tja», sagte er wieder. «Ihr Sohn kam hier vor», er warf einen Blick auf seine Uhr, «vor 39 Minuten rein und hat uns da eine Geschichte aufgetischt …»

Die Geschichte, die er nun erzählte, war genau die, die David ihm erzählt hatte. Wie er den Streit gehört hatte, nicht richtig, nur ein paar Wortfetzen, wie dann einer schnell weggegangen war und er den Mann bei der Bank gefunden hatte. Wie er losrannte, um Hilfe zu holen, wie er dem anderen begegnet und weggelaufen war. «Und der», schloss der Polizist, «der soll ihn dann verfolgt haben.» So, wie der Polizist das erzählte, klang es absolut lächerlich.

«Es ist wahr», rief David. «Das hat der. Ich hab ihn genau gehört.»

«Ist ja gut, Junge. Sagen Sie mal, Frau, äh …» Er nahm den Ausweis, sah ihn an und legte ihn wieder auf den Tresen. «Sagen Sie mal, Frau Bauer. Wieso ist Ihr Sohn eigentlich mitten in der Nacht alleine am Kanal? Er hat gesagt, Sie seien noch im Büro. Na gut.

Aber, sagen Sie mal, lassen Sie ihn oft alleine?»

«Na hören Sie mal!» Ulla erhob sich und baute sich vor dem Tresen auf, David kroch tiefer in seine Jacke. Er kannte diesen Ton, musste sie ihn ausgerechnet jetzt anschlagen, vor der Polizei? «Jetzt sagen Sie mal, was Sie das angeht? Mein Sohn ist normalerweise nie abends alleine. Und wenn ich mal Überstunden machen muss, dann ist das eben so. Wenn Sie uns unterstellen wollen, dass er sich nachts draußen rumtreibt, dann irren Sie sich, dann ...»

«Ist ja gut.» Der Polizist hob abwehrend beide Hände. «War nur 'ne Frage. Jeder erzieht sein Kind, wie er will. Er hat keinen Vater, sagt David?»

«Das geht Sie nun am allerwenigsten an. Im Übrigen hat jeder Mensch einen Vater. Aber wenn ...»

«Mama, bitte.» David stand auf und stellte sich neben seine Mutter. «Können wir jetzt nicht gehen?»

«Gleich, David. So, Herr Wie-immer-Sieauch-heißen, das ist jetzt geklärt. Ich musste heute länger arbeiten, und David war ausnahmsweise allein. Okay, dass er so spät noch rausgegangen ist, war nicht gut, aber das war auch nur ausnahmsweise und ist gewiss kein Fall für die Polizei. Jetzt möchte ich wissen, warum Sie ihm nicht glauben. Mein Sohn lügt nicht.»

David schloss die Augen. Nichts wäre ihm lieber gewesen, als im Boden zu versinken. Er hasste es, wenn seine Mutter sich vor Fremden so aufplusterte.

«Tja, Frau Bauer.» Der Polizist stützte die Unterarme auf den Tresen und machte ein väterliches Gesicht. «Lügen ist so ein hässliches Wort. Also, Jungens in dem Alter, die sehen viel Fernsehen. Vor allem, wenn sie abends oft, ich meine, ab und zu allein zu Hause sind, nicht? Da kommen sie schon mal auf dumme Gedanken. Erfinden so Geschichten, damit ihnen einer zuhört. Ist ja nichts Schlimmes. Schlimm wird's erst, wenn sie anfangen zu zündeln. Aber ich würde mal drüber nachdenken. Als Mutter.»

«Vielen Dank für Ihren Rat. Wirklich, vielen Dank. Ich möchte immer noch wissen, warum Sie ihm nicht glauben.»

Der Polizist seufzte, und dann sagte er schon wieder «Tja», das musste sein Lieblingswort sein, dachte David, obwohl das ja gar kein richtiges Wort war. «Tja, er kam hier rein, und das muss ich schon sagen, ausgesehen hat er, als wäre nicht nur einer hinter ihm her, sondern eine ganze Meute.»

Natürlich habe er gleich den Streifenwagen zu diesen Bänken zwischen den Bootswerften und den Schrebergärten geschickt. Da habe auch tatsächlich einer gesessen. Allerdings nicht neben, sondern auf der Bank. Auch nicht krank oder ohnmächtig oder tot. Nur total betrunken. Auch habe der nicht der Beschreibung entsprochen, die ihr Sohn gegeben habe. Schon gar keine Jacke wie Schimanski habe der angehabt. Schimanski!! «Der da saß, ist ein alter Bekannter. Den haben wir schon öfter in kalten Nächten aufgesammelt und nach Hause gebracht. Immer zu viel Bier und Jägermeister. Tja.»

«Aber die Jacke hatte doch der andere an, der, der zurückgekommen ist», rief David. «Der hat den bestimmt weggebracht, den anderen neben der Bank, mit dem er gestritten hatte, ich meine, den ich da gesehen habe.»

Ulla legte den Arm um Davids Schultern und hielt ihn fest. Sie musste ihren Sohn nicht ansehen, um zu wissen, dass er mit den Tränen kämpfte. Da ging es ihm nicht anders als ihr. Allerdings aus ganz anderen Gründen.

«Der andere. Tja. Aber da war kein anderer.» Der Polizist klang plötzlich ganz milde. «Manchmal sieht man Sachen, David, die tatsächlich gar nicht so sind. So was ist mir auch schon passiert. Besonders in Nächten wie heute, neblig und Vollmond. Komisches Licht, da kann man seltsame Gespenster sehen. Wenn man Phantasie hat. Und die Trauerweiden da, die sind unheimlich in so einer Nacht. Jetzt gehen Sie mal nach Hause.» Er sah Ulla an und schob ihr den Ausweis zu. «Ein Becher Kakao ist immer gut nach so 'ner aufregenden Sache.»

«Frau Bauer», rief er ihnen noch nach, als Ulla David schon aus der Tür schob, «passen Sie gut auf ihn auf. In dieser Ecke am Kanal treibt sich abends manchmal junges Gesindel rum. Sie wissen schon. Ihr Junge ist jetzt in so 'nem Alter … also, wenn ich Sie wäre, würde ich mal mit dem Vertrauenslehrer an seiner Schule sprechen. Und vielleicht machen Sie einfach ein bisschen weniger Überstunden. Karriere ist ja nicht alles, nicht?»

David stand auf der Brücke und guckte hinunter aufs Wasser. Der Nebel war verschwunden, aber dunstig war es immer noch. Gestern, in der Nacht, hatte der Kanal ganz anders ausgesehen. Er war auch jetzt schwarz, na ja, eigentlich mehr braunschwarz, aber er sah schön aus. Enten, sogar zwei Schwäne schaukelten friedlich auf dem Wasser oder gründelten nahe dem Ufer. Die Blätter der Bäume, von denen manche allerdings schon ziemlich kahl waren, schimmerten gelb, hellbraun und rot. In den Gärten am rechten Ufer blühten noch die letzten Astern,

widerstanden als weiße und violette Farb-
tupfer dem grauen Tag. Ein Paddler kam unter der Brücke hervor und glitt geräuschlos
durchs Wasser Richtung Barmbek. Es sah
wirklich schön aus.

Als Ulla ihm im Frühjahr vorgeschlagen
hatte, Mitglied in einem Ruderclub zu werden, hatte er keine Lust gehabt. Rudern!
Vielleicht doch, im nächsten Sommer. Nicht
gerade rudern, aber Kajak fahren sah nicht
schlecht aus. Dann gab er sich selbst einen
Schubs und bog in den Uferweg. Die Tore der
Werften waren auch jetzt verschlossen, doch
nun waren da immerhin Geräusche: Stimmen, schrille Töne irgendeiner Maschine, jemand lachte.

Im Durchgang zum Poßmoorweg stand
ein Auto mit einem Bootsanhänger, der Fah-
rer war nicht zu sehen. Wenn er der war, der
gestern Abend – Quatsch. Was sollte der
hier? Noch dazu mit einem Bootsanhänger?
Das Auto gehörte einem von der Werft. Ganz
klar. David ging entschlossen weiter und bog
in den Pfad zu den Bänken ein. Keiner da.

Nicht mal eine dieser krächzenden Gänse, die hier manchmal rumwatschelten. Er atmete tief aus, blieb stehen und sah zum Kanal hinunter. Da stand die Bank, ganz nah am Ufer, und direkt am Wasser die riesige Trauerweide, ihre Äste tauchten tief ein, wie ein Vorhang. Wenn man mit einem Boot angepaddelt kam und unter den Ästen Halt machte, konnte einen von den Gärten oder der Straße am anderen Ufer niemand sehen.

Bis zum Wasser waren es etwa fünfzig Schritte. Nicht weit. Er zählte seine Schritte: dreiundfünfzig. Ganz gut geschätzt. Dabei war er schlecht in Geometrie. Aber vielleicht hatte das gar nichts mit Geometrie zu tun.

Da standen zwei Bänke. Die linke hatte keinen Sitz und keine Lehne. Da hatte der Mann gestern Abend gesessen, auf dem Boden gegen die Strebe gelehnt. Ob es ihm einer glaubte oder nicht, der hatte da gesessen. Er sah sich um: Auf dem Weg fuhr ein Radfahrer vorbei, den Kopf tief gegen die feuchte Luft gesenkt, dann kam ein alter Mann mit einem Pudel, sah flüchtig zu David herüber und ging weiter. Sonst war niemand zu sehen. Wieder kreischte irgendwo eine Maschine. Drüben am Goldbekufer, auf der anderen Seite des Kanals, dort, wo er wohnte, leerten die Müllmänner lärmend die Tonnen in ihren orangeroten Wagen, und von der Kindertagesstätte gegenüber den Schrebergärten weiter den Weg hinunter klang wütendes Kindergebrüll herüber. Niemand da, der ihn beachtete.

Er hockte sich auf die Seitenstrebe der Bank ohne Bretter, die war aus rauem Beton und feucht, doch das spürte er nicht. Warum glaubte ihm bloß keiner? Ob sie ihm geglaubt hätten, wenn da nicht diese blöde Saufnase gehockt hätte? So dachten alle, er habe *den* gesehen und sich den Rest ausgedacht. Aber wenn er etwas fand, irgendetwas? Im Fernsehen fanden sie doch immer was. Spurensicherung hieß das. Natürlich hatten sie keine geschickt gestern Nacht. Es waren ja keine Spuren zu sichern, wenn da nur der Besoffene war. Aber wenn er jetzt etwas fand, mussten sie ihm glauben.

Er ging in die Hocke und begann, den Boden um die Bank abzusuchen. Ein paar Kippen, schon ganz matschig, und Kronenkorken, drei kleine Jägermeisterflaschen, eine leere Haribotüte, ein klebriger Klumpen, der aussah wie ein Rest von diesen falschen Knochen, die Frau Ditteken ihrem Kuno immer zum Kauen gab, damit ihm seine Zähne nicht ausfielen. Er kroch weiter bis zum Rand des Gebüsches, doch da fand er nur eine leere Spritze. An allen anderen Tagen hätte er die sicher als hochinteressantes Objekt betrachtet, heute kickte er sie nur ärgerlich ins Gebüsch. Schließlich fand er noch einen toten Maulwurf. Er deckte die kleine Leiche, die auch nicht mehr ganz frisch aussah, mit Blättern zu, legte einen Stein drauf und setzte sich wieder auf die Bankruine.

An der oberen Ecke, da, wo die Kante ganz hart und schartig war, war ein dunkler Fleck. Blut, dachte er, das ist bestimmt Blut. Das war doch was, jetzt mussten sie ihm doch glauben. Leider hatte der Polizist gesagt, die Saufnase habe eine blutige Schramme am

Kopf gehabt, sei wohl auf dem Weg mal gestolpert. Selbst wenn das wirklich Blut war, nützte es also auch nichts.

Dann sah er ihn. Er lag unter der Bank – jedenfalls wenn da Sitzbohlen gewesen wären, wäre es unter der Bank gewesen –, nahe an der Strebe im Gras. Er kniff die Augen zusammen und beugte sich tiefer hinunter. Ein Manschettenknopf. Sah aus wie echtes Gold mit was Glitzerndem drauf. Jedenfalls nicht wie etwas, das einer am Ärmel trägt, der sich von Bier und Jägermeister ernährt. Fingerabdrücke, dachte er, da sind bestimmt Fingerabdrücke drauf. Hastig zog er ein Papiertaschentuch aus der Jacke, legte es über seinen Fund und hob ihn vorsichtig mit dem Papier auf.

«Na, Junge? Mal wieder unterwegs?»

Die Stimme war direkt über seinem Kopf, seine Hand krampfte sich um den Manschettenknopf, sein Atem stockte, und während er noch den Schlag erwartete, schob sich eine spitze Schnauze in sein Gesichtsfeld, die Oberlippe über die Vorderzähne gezogen, als habe sie gerade in eine Zitrone gebissen. Schwarze Knopfaugen starrten ihn böse an. Kuno.

«Frau Ditteken», stotterte David. Immer noch steif vor Schreck, richtete er sich auf.

«Na? Haben wir dich erschreckt? Mein Kuno und ich? Ein gutes Gewissen ist das beste Ruhekissen. Das war aber ein weiter Weg gestern Abend bis zum Briefkasten. Na, mich geht das ja nichts an. Aber wenn du mein Sohn wärst, würde ich dich nicht hier im Regen rumlaufen lassen. Mit zwölf ...»

«Dreizehn», sagte David. Erst jetzt merkte er, dass es zu nieseln begonnen hatte. «Ich bin schon dreizehn, Frau Ditteken, und gestern, da habe ich meine Mutter abgeholt. Sie haben ja sicher gesehen, wie wir zusammen zurückgekommen sind. Meine Mutter hat keine Zeit, jedes Mal die Tür aufzumachen, wenn einer die Treppe runterkommt.»

Bevor Frau Ditteken mit einem Vortrag über den patzigen Ton der heutigen Jugend loslegen konnte, lief er zurück zum Weg. Er drehte sich nicht mehr nach ihr um. Er wusste auch so, dass sie ihm grimmig nachsah. Als sie hier einzogen, kurz vor Ostern, hatte Ulla ihm erklärt, wie wichtig es sei, höflich zu den Nachbarn zu sein. Also wieder ein Versprechen gebrochen. Zwei an zwei Tagen. Das war viel. Immerhin hatte es diesmal Spaß gemacht.

«Das kann doch kein Problem sein, Ulla. Gerade du bekommst garantiert jede Extrawurst.»

«Irrtum, Karin.» Ulla Bauer sah ihre Kollegin seufzend an. «Gerade ich nicht. Du vergisst, dass ich nicht mit ihm ins Bett gegangen bin. So was nehmen Männer übel. Vor allem, wenn sie zwei Abendessen in teuren Restaurants investiert haben. Wer hat denn die ganzen Überstunden aufgedrückt bekommen, weil angeblich plötzlich alles Mögliche sofort und ganz schnell gehen musste? Genau: ich.»

«Und warum bist du nicht?»

«Was?»

«Mit ihm ins Bett.»

«Hör auf! Du kennst die Geschichte, außerdem hatte ich einfach keine Lust auf so was. Nie am Arbeitsplatz und nie mit Ehemännern. Meine eiserne Devise.»

«Eiserne Devisen mögen edel sein, meine Liebe, aber da kannst du auch gleich ins Kloster gehen. In unserem Alter.»

«Keine schlechte Idee. Da hat man seine Ruhe und muss keine Miete zahlen. Leider nehmen die keine allein erziehenden Mütter, schon gar nicht mitsamt ihren halbwüchsigen Söhnen. Und was heißt überhaupt in unserem Alter? Ich bin 38. Ach, was für eine blöde Diskussion. Jedenfalls kann Lund machen, was er will. Wenn er mir schon keinen Urlaub gibt, weil Meyer krank ist und Plietschmann in Urlaub, dann kriegt er mich in den nächsten zwei Wochen zumindest für keine Überstunde. Keine einzige! Was machst du denn plötzlich für ein Gesicht? David geht jetzt wirklich vor.»

«Soso, da kann Lund machen, was er will.»

Das war leider nicht Karins Antwort, sondern die Stimme von Robert Lund, Teilhaber und Geschäftsführer von Lund & Partner GmbH, Immobilien International. Karin, seine Sekretärin, stand eilig auf, griff nach einer der dicken Mappen auf ihrem Schreibtisch, murmelte etwas von ‹dringend ins Archiv› und war schon verschwunden.

«Stimmt, diesmal können Sie machen, was Sie wollen.» Ulla sah ihren Chef mit trotzigem Lächeln an. «Sie wissen, ich mache immer meine Arbeit, und zwar gut und zuverlässig. Aber jetzt habe ich wirklich mal ein Problem, das ich nicht aufschieben kann. Davids Ferienreise ist geplatzt, nun hockt er den ganzen Tag allein zu Hause, deshalb muss ich wenigstens abends pünktlich da sein.»

Lund sah sie an, mit diesem Blick, der Ulla vor einigen Monaten fast hatte schwach werden und ihre eiserne Devise vergessen lassen, hockte sich auf die Schreibtischkante und verschränkte die Arme vor der Brust.

«Ich versuche ständig, Rücksicht auf Ihre Situation zu nehmen, Ulla, das wissen Sie. Aber Sie wissen auch, wie hart der Konkurrenzkampf ist. Das läuft nur mit Ranklotzen und blitzschnellem Reagieren auf den Markt. So was ist leider unberechenbar. Aber ist es denn so schlimm, wenn sich ein Junge mal ein bisschen langweilt? Ich finde immer, Langeweile ist der erste Schritt zur Kreativität. Die Kinder werden heute ja mit Angeboten nur so zugeschüttet. Da bleibt gar keine Zeit mehr für eigene Ideen.»

«Der ganze Tag – und das zwei Wochen lang – ist ein bisschen viel Langeweile. Alle seine Freunde sind verreist, und er ist jetzt dreizehn. Da führt aus Langeweile geborene Kreativität leicht zu dummen Ideen und in ziemlich schlechte Gesellschaft.»

Am liebsten hätte sie Lund, wie er da einen imaginären Fussel von seinem Calvin-Klein-Anzug schnippte, erwürgt. Ob wegen dieser väterlich modulierten Stimme, die er immer anschaltete, wenn er einen zu unbezahlter Mehrarbeit rumkriegen wollte, oder wegen seiner wirklich betörenden braunen Augen, wusste sie nicht so genau.

«Ja», sagte er, noch samtweicher, «das

kann tatsächlich zum Problem werden. Gibt es bei Ihnen in der Nähe nicht ein Stadtteilzentrum oder so was? Die bieten doch immer ganz witzige Ferienkurse an.»

«Ein sehr gutes sogar, das Goldbekhaus. Leider hat David darauf keine Lust, weil er dort niemanden kennt. Außerdem findet er das Kinderkram. So ist das mit dreizehn. Ich kann ihn ja nicht fesseln und hinschleppen.»

«Stimmt, das sähe nicht gut aus. Wäre auch schlecht für unser Image. Nun gucken Sie nicht so grimmig. Das war ein Scherz.»

«Entschuldigung.» Ulla lachte leise. «Ich bin wirklich ziemlich unter Dampf. Ich habe mir den ganzen Morgen vorgenommen, mit Ihnen zu reden und mich nicht wieder weich klopfen zu lassen. Am besten, ich erzähle Ihnen, was gestern passiert ist, dann verstehen Sie mich besser.»

So erzählte sie, wie sie am Abend nach Hause gekommen war – um Viertel vor zehn, betonte sie, Viertel vor zehn! – und David nicht in der Wohnung gewesen war. Wie die Polizei angerufen hatte, sie möge ihren Sohn von der Wache abholen. Erzählte ihm, dass David im Dunkeln am Goldbekkanal rumgestromert sei und sich diese haarsträubende Geschichte ausgedacht habe. Leider nicht nur ausgedacht, sondern auch schnurstracks der Polizei erzählt.

«Er beharrt immer noch darauf, dass er da bei den Bänken hinter den Werften einen Verletzten oder gar Toten gesehen hat, dass dann ein anderer Mann kam, sehr groß und in einer Jacke, wie sie Schimanski immer anhatte – ausgerechnet! –, und ihn verfolgt hat. Er habe den ganz genau gesehen, und nun ist er stinksauer, weil ihm keiner glaubt.»

Lund war vom Schreibtisch gerutscht, stand am Fenster und sah auf die Straße. «Und?», fragte er. «Glauben Sie ihm?»

«Ich weiß nicht. Eigentlich nicht. Die Polizei hat nämlich eine Streife zu den Bänken geschickt, und die hat da einen Betrunkenen gefunden. Ich denke, David hat den gesehen, vielleicht hat sich da auch noch ein anderer Mann rumgedrückt, vielleicht sogar in so einer hellen Jacke mit vielen Taschen, die trägt ja jeder Zweite. Und dann hat er sich diese Geschichte zusammenphantasiert. Gerade das schreckt mich auf. Er hat so was noch nie gemacht. Und wie gesagt, er langweilt sich. Vor allem fühlt er sich ganz bestimmt vernachlässigt. Im Stich gelassen, weil ich so oft später komme. Dieser Polizist hat gesagt, so was täten Jungen, wenn sie sich nicht genug beachtet fühlen. Als ob ich das nicht selbst wüsste. Jetzt verstehen Sie sicher, dass ich zurzeit mehr zu Hause sein muss. Ich muss einfach! Kann ich nicht doch ein paar Tage Urlaub haben? Ich könnte auch einfach krank werden, dann können Sie nichts machen.»

«So was tun Sie nicht.» Lund drehte sich zu ihr um und zauberte wieder das schmelzende Lächeln in seine Augen, das bei ihr alle Alarmsirenen aufheulen ließ. «Dazu sind Sie viel zu korrekt. Was nicht unbedingt förderlich für die Karriere ist, das habe ich Ihnen ja schon bei anderer Gelegenheit gesagt. Leider vergeblich. Okay, ich sehe jetzt Ihr Problem. Ich habe ja selbst Kinder.» Er ließ sich auf Karins Schreibtischstuhl fallen und begann eine Kette aus Büroklammern zusammenzusetzen. «Ich schlage Ihnen einen Kompromiss vor. Diese Woche ist es wirklich eng, das wissen Sie. Ich würde unter solchen Umständen ja glatt Plietschmann aus dem Urlaub zurückpfeifen, aber der ist nun mal unerreichbar auf Trekkingtour in Nepal, der Schlaumeier. Also müssen Sie diese Woche durchhalten, so spät wie gestern wird's ja auch selten. Noch drei Tage. Wenn unser Florida-Projekt bis dahin fertig und raus ist, woran ich nicht zweifle, können Sie die ganze nächste Woche Urlaub machen, und für Ihren außerordentlichen Einsatz in den letzten Wochen gibt es eine kleine Extraprämie am Gehaltskonto vorbei. Die ist sowieso fällig. Dafür fahren Sie mit Ihrem Sohn irgendwohin, vielleicht kriegen Sie noch einen Last-Minute-Flug auf die Kanaren, da ist es jetzt schön warm. Ist das ein annehmbarer Vorschlag für Ihren Herrn Sohn?»

Das Tor einer der Werften stand weit offen. Drei Männer hatten gerade mit viel Mühe ein Boot auf einen Anhänger in den Hof bugsiert und schoben es nun zu den Schuppen. David blieb stehen und sah neugierig zu. Er hatte noch nie eine Bootswerft gesehen. Außer der großen am Hafen natürlich, doch die war immer so weit weg am anderen Elbufer und sah eher aus wie eine Fabrik. Er konnte sich nicht vorstellen, dass da Leute richtig Schiffe bauten. Taten sie auch nicht, hatte Ulla ihm erklärt, im Prinzip würden die Ozeanriesen da nur im Trockendock repariert.

«Hey, bist du nicht David?» Einer der Männer, die das Boot in den Schuppen geschoben hatten, kam über den Hof und grinste ihn an. Allerdings war es gar kein Mann, sondern ein Mädchen, genauer gesagt: Mickis große Schwester.

«Klar bist du David», sagte sie. «Ich bin Verena, Mickis Schwester, erinnerst du dich nicht?»

David nickte. Natürlich erinnerte er sich an Verena. Und an ihren Bikini. Letzten Sommer im Garten von Mickis Eltern. Er hätte aber nie gedacht, dass sie sich an ihn erinnern würde. Er fühlte, wie er rot wurde. Verdammt, immer wurde er rot, selbst wenn es gar keinen Grund gab.

«Was machst du hier?»

David zuckte die Achseln und bemühte sich um ein gelangweiltes Gesicht. «Nur so rumgucken. Ich wohne hier. Da drüben am Goldbekufer, auf der anderen Seite vom Kanal. Und was machst du hier?»

«Eine Lehre. Ich werde Bootsbauerin.» Sie sah sich im Hof um, als gehöre ihr die ganze kleine Werft. «Ich wollte schon immer Boote bauen. Mein Vater findet das verrückt, wo ich doch Medizin studieren könnte, aber eigentlich war es ihm egal. Hauptsache, ich tue irgendwas, hat er gesagt. Jetzt protzt er damit rum. Medizin wollen schließlich alle studieren.»

Sie grinste David an, die Nase voller Sommersprossen, ein paar rotbraune Locken kräuselten sich unter ihrer nach hinten gedrehten Baseball-Kappe hervor, und ihre

Augen blitzten blau wie der Himmel über der Nordsee, wenn mal ein richtig schöner Sommertag war. David hätte gerne was Schlaues gesagt, leider fiel ihm nichts ein.

«Verena?! Hier wird nicht rumgetrödelt, hier wird gearbeitet.»

«O Scheiße!» Verenas Gesicht veränderte sich schlagartig. «Der Meister. Ich muss ...»

«Aha! Du hast Herrenbesuch.» Der Mann, den Verena als Meister bezeichnet hatte, kam über den Hof und baute sich vor David auf. Er überragte Verena um einen, David um zwei Köpfe und hatte Schultern wie Arnold Schwarzenegger.

«Entschuldigung, Herr Krug, es ist nur, also, das ist David, ein Freund meines Bruders, er interessiert sich für Boote, Segelboote meine ich. Aus Holz. Er wollte nur mal hallo sagen.»

«Du interessierst dich für Boote? Wenn das so ist, reicht hallo sagen natürlich nicht. Dann zeig deinem Freund mal die Boote, die wir hier bauen. Aber nicht länger als zwanzig Minuten. Klar?»

«Klar. Nicht länger. Natürlich nicht. Los, David, komm», zischte sie ihm zu, als der Meister in dem Schuppen verschwand, an dessen Tür ein Schild mit der Aufschrift ‹Büro› hing. «Jetzt musst du alles angucken, sonst kriege ich mordsmäßig Ärger. Und mach bloß kein gelangweiltes Gesicht.»

Verena zeigte ihm die Boote, die in den seitlichen Schuppen den Winter über lagerten, als Dauerparker sozusagen, und auch überholt oder repariert wurden. Sie zeigte ihm noch zwei andere erst halb fertige, die im hinteren Schuppen direkt am Kanal neu gebaut wurden. Die ganze Zeit redete sie begeistert übers Bootebauen, doch David behielt nur, dass dafür nicht jedes Holz geeignet sei, wegen der hohen Temperaturunterschiede und der ständigen Feuchtigkeit. Die meisten Boote würden aus Mahagoni gebaut, was aber nicht viel sage, weil es dreihundert Holzarten gebe, die alle Mahagoni genannt wurden. Nach zwanzig Minuten hatte David nicht für einen Moment ein gelangweiltes Gesicht gemacht.

Der Meister ließ sich nicht mehr blicken. Dafür tauchte Jonas auf, der war schon Geselle, und David gefiel weder, wie der Verena anguckte, noch dass er so viel über Boote wusste, während er selbst gar nichts wusste und immer nur ‹ach so› sagen konnte. Schließlich fragte Verena ihn, was er denn so in den Ferien mache? Micki habe gestern aus Italien angerufen, an der Adria sei es mal wieder total öde. David zögerte nur kurz. Er hänge halt so rum, sei ganz gut mal ohne Stress und so. Und dann erzählte er ihr von den Männern am Kanal gestern Abend, wobei er seine panische Flucht wegließ und ganz cool schloss, die Polizei gehe der Sache jetzt nach. Verena war nicht so beeindruckt, wie David gehofft hatte. Tatsächlich sagte sie gar nichts, was sicher so viel hieß wie: ‹Ich glaub dir kein Wort, Kleiner.›

Bevor David mit dem Manschettenknopf auftrumpfen konnte, sagte sie: «Okay, David, jetzt muss ich wieder an die Arbeit.» Sie sagte es ganz lässig, aber es klang, als müsse sie sich im Alleingang an die Rettung des

Weltfriedens machen. «Ich bring dich noch zum Tor.»

Durch das rollte gerade ein dunkelgrüner Audi in den Hof. Der Wagen hielt, und ein Mann in einem langen grauen Mantel stieg aus. Er wirkte müde, und seine Augen waren gerötet.

«Das ist unser Chef», flüsterte Verena.

«Ist der Meister nicht der Chef?», flüsterte David zurück.

«Doch, schon. Aber Herrn Lohmann gehört die Werft. Ich glaube, er hat noch eine andere in Finkenwerder oder so und eine neue in Wedel.»

Der Mann beugte sich in den Wagen, holte eine Aktenmappe heraus, drehte sich um und entdeckte David und Verena.

«Was ist hier denn los? Ist das jetzt ein Jugendclub? Hast du keine Arbeit, Verena?»

«Doch, Herr Lohmann, es ist nur … Herr Krug hat mir erlaubt, ihm die Boote zu zeigen.»

«Schon gut, Verena», brummte die Stimme des Meisters hinter David. «Sei mal nicht so streng, Paul, der Junge ist ein Freund von Verena und wollte nur mal die Boote angucken. Ich hab's den beiden erlaubt. Jetzt lass uns fix ins Büro gehen, du bist schon eine halbe Stunde zu spät.» Paul Lohmann warf einen letzten forschenden Blick auf David, zog unwillig die Augenbrauen hoch und folgte dem Bootsbauer. Die Tür zum Büro klappte vernehmlich zu.

«Puh», sagte David, und Verena sagte: «Der meint es nicht so, der hat bloß Sorgen. Jonas sagt, diese Grundstücke hier am Kanal sollen verkauft werden, die gehören nämlich der Stadt, und die braucht Geld für ihre Schulden, das weiß ja jeder. Der Lohmann ist hier wie alle anderen am Kanal nur Pächter. Und wenn die Ufergrundstücke tatsächlich verkauft werden, wird irgend so ein Geldsack hier Eigentumswohnungen bauen, sagt Jonas, oder Büros. Dann müssen wir verschwinden, und keiner weiß, wohin und was wird. Aber jetzt hau ab, David, Lohmann steht am Fenster und guckt, als gäb's hier ein Weltwunder zu sehen.»

Sie drehte sich um, winkte ihm im Davonlaufen noch einmal zu und verschwand im Schuppen am Kanal, wo die Boote gebaut wurden. Und wo ganz sicher Jonas schon auf sie wartete.

Also verschwand auch David. Verena hatte sich viel Zeit für ihn genommen, trotzdem fühlte er sich plötzlich wie ein Kind, das fortgeschickt wurde, weil nun die Zeit für die Erwachsenen begann. Das richtige Leben. Es war kein gutes Gefühl. Überhaupt kein gutes Gefühl.

Er schob sich an dem Audi vorbei, den der Besitzer der Werft direkt am Tor geparkt hatte, und im Vorbeigehen sah er in den Innenraum. Nicht schlecht, dachte er, sah nach Ledersitzen aus und ziemlich neu. Er blieb abrupt stehen. Auf der Rückbank des Wagens lag eine helle Jacke. Sie war ein bisschen schmutzig, an einem Ärmel waren rötlich braune Flecken, und die Jacke war genau so eine, wie Schimanski sie immer getragen hatte. Erschreckt sah David zum Bürofenster hinüber, Lohmann drehte sich gerade um und verschwand im dunklen Hintergrund des Büros. Er hatte die ganze Zeit am Fenster gestanden und ihn beobachtet.

Eigentlich war das Computerspiel doch nicht so schlecht. Er hatte jetzt schon fast drei Stunden geübt, na gut, zwischendurch hatte er im Fernsehen ‹Verbotene Liebe› geguckt, obwohl er die Serie total doof fand, eigentlich. Dann hatte er den Ton leiser gestellt, nicht dass er auch noch ‹Marienhof› sehen wollte, aber es war schön, wenn aus dem Wohnzimmer Stimmen erklangen. Jedenfalls ging das Spiel jetzt besser, er war nicht immer schon nach fünf Minuten tot. Obwohl er ständig auf die Uhr guckte und mit einem Ohr auf ihre Schritte auf der Treppe lauschte. Nie war ihm ein Nachmittag so langsam vergangen. Nun musste sie bald kommen, es war fast sieben. Wenn es nicht wieder so lief wie gestern. Nachmittags am Telefon war sie enttäuscht gewesen, als er sich nicht wie ein Schneekönig freute, weil sie zwar diese Woche noch viel arbeiten musste, dafür aber in der nächsten Urlaub bekam und mit ihm auf irgendwelche Inseln fliegen wollte.

Dabei hatte er sich große Mühe gegeben mit der Freude, sie merkte eben immer, was los war. Am Telefon hatte er nicht erzählen wollen, dass und warum er vielleicht besser hier blieb. Konnte ja sein, die Polizei brauchte ihn gerade dann zur Gegenüberstellung. Er überlegte, ob es schon zu spät war, heute Abend, wenn sie *endlich!* da war, noch zur Wache zu gehen. Bestimmt nicht. Die Polizei arbeitete auch nachts, rund um die Uhr, sozusagen.

Zuerst, als er das Bild in der Zeitung sah, wollte er gleich losrennen. Dann hatte er noch mal nachgedacht und beschlossen, auf Ulla zu warten. Womöglich hörten sie ihm gar nicht erst zu, wenn er wieder allein ankam, weil sie ja glaubten, er habe sich alles nur ausgedacht. Doch jetzt hatte er nicht nur den Manschettenknopf, jetzt wusste er auch, wer der Mann an der Bank war. Oder gewesen war.

Als er von der Werft nach Hause getrödelt

war und die Zeitung aus dem Briefkasten genommen hatte, hatte er ihn gleich erkannt. Er sah zwar ein bisschen anders aus, zum Beispiel waren seine Augen nicht geschlossen und das Haar nicht ganz so dunkel, wie es gestern Nacht ausgesehen hatte. Trotzdem, es war der Mann, das wusste er genau. Er sah genauso aus wie der Schauspieler, der immer Winnetou gespielt hatte und eigentlich ein französischer Graf war. Er trug sogar die gleiche komische Frisur.

Jemand kam eilig die Treppe herauf, er sprang auf – aber nein, das war nicht Ulla. Sicher Herr Mulde. Jedenfalls fiel eine Tür im ersten Stock krachend ins Schloss, was Frau Ditteken garantiert wieder aus ihrem Sessel scheuchte. Sie nannte Herrn Mulde immer nur den Krachmacher, was nicht stimmte, denn Frau Dittekens Kuno machte viel mehr Krach.

David trat ans Fenster – vielleicht sah er sie schon die Straße entlangkommen – und blickte hinunter. Es war nicht so neblig wie gestern, aber ziemlich diesig. Vom Mond war nichts zu sehen, kein Schimmer, vielleicht stand er noch nicht hoch genug. Ein jäh aufflackerndes kleines Licht, nicht länger als ein oder zwei Sekunden, lenkte Davids Blick auf die Reihe der parkenden Autos. In einem, etwa zwei Häuser weiter die Straße hinauf, steckte sich jemand eine Zigarette an. David trat hastig zur Seite und hielt den Atem an. Schon vor einer halben Stunde hatte dort ein Mann im Auto gesessen. David hatte ihn nicht beachtet. Schließlich saßen ständig irgendwelche Männer in irgendwelchen Autos rum. Aber jetzt? Der saß ziemlich lange da für eine kalte Nacht. Was machte der da? Der wartete auf jemanden. Was sonst? Auf wen?

Er huschte zum Schreibtisch und knipste die Lampe aus. Das Licht des Monitors tauchte die Hefte, Comics, Bücher und all den unordentlichen Kram auf der Tischplatte in mattes Blau, sonst war es jetzt dunkel. Er trat wieder neben das Fenster, beugte sich vor, immer die Gardine vor der Nase, und sah vorsichtig auf die Straße. Der kleine glühende Punkt war verschwunden. Gerade wurde die Autotür geöffnet, und der Mann, der da so lange gesessen hatte, stieg aus. Er warf die brennende Zigarette weg, schlug den Mantelkragen hoch und zog den Schal übers Kinn. Während er mit hochgezogenen Schultern die Autotür abschloss, sah er die Straße hinauf und hinunter. Niemand zu sehen.

Jetzt kam er näher, an einem Haus vorbei, am nächsten, David fühlte sein Herz pochen wie eine hektische Maschine. Der hatte nicht so eine Jacke an, aber er war groß, und irgendwie benahm er sich komisch. Wenn er rausgekriegt hatte, dass er, David, ihn gestern Abend beobachtet hatte? Wenn er jetzt kam, wenn er sich im Flur versteckte, um ihm aufzulauern, wenn er … Absätze klackerten auf dem Pflaster, Ulla kam eilig die Straße herunter. Wer es nicht besser wusste, mochte denken, sie versuche den Mann, der nur etwa zehn Schritte vor ihr ging, einzuholen. Aber wahrscheinlich sah sie ihn nicht einmal, schon im Laufen suchte sie in ihrer Tasche nach dem Hausschlüssel.

Der Mann hatte jetzt das Haus erreicht und ging weiter, ging vorbei die Straße hinauf, plötzlich eilig, als sei ihm eingefallen, dass er spät dran war. Und endlich hörte David ihre schnellen Schritte auf der Treppe, hörte den Schlüssel im Schloss, ihr vertrautes «David! Ich bin da!», spürte den kühlen Hauch, der mit ihr von der Straße hereinwehte, und lehnte sich aufatmend gegen die Wand. Wahrscheinlich, dachte er, hatte er wirklich zu viel Phantasie. Der Mann *konnte* ja gar nicht wissen, wer er war oder wo er wohnte.

«David!? Warum hockst du im Dunkeln?» Ulla knipste die Deckenlampe an und musterte ihn besorgt.

«Alles okay?» Er nickte. «Dann gib deiner Mutter einen Kuss. Und komm mit in die Küche, ich mache uns was zu essen, und», sie klopfte vergnügt auf ihre dicke Tasche, «ich habe Prospekte mitgebracht. Heute suchen wir uns aus, wo wir hindüsen. Eine Woche in den Süden und ans Meer! Klasse, was? Mach nicht so ein miesepetriges Gesicht, mein Süßer, ich weiß, dass wir spät dran sind, aber wir kriegen ganz bestimmt noch einen Flug. Wer suchet, der findet. Man muss nur fest dran glauben.»

Manchmal hasste er ihre Sprüche. Immer hasste er es, wenn sie ihn ‹mein Süßer› nannte.

Eine Viertelstunde später war Ullas gute Laune wie weggeblasen. Sie starrte immer abwechselnd auf den Manschettenknopf links neben ihrem Teller und den Zeitungsartikel auf der rechten Seite. Schließlich stand sie auf, holte die Weinflasche aus dem Kühlschrank – für ein Glas würde es gerade noch reichen – und setzte sich wieder an den Tisch.

«David», sagte sie, «am liebsten würde ich jetzt sagen: Ich will von dieser Sache nichts mehr hören, Punktum. Aber okay. Spielen wir das Ganze mal durch. Du hast einen Manschettenknopf gefunden und denkst nun, den habe der Mann, den du gestern Abend da gesehen hast, verloren. Kann ja sein. Aber was, glaubst du, sagt die Polizei dazu? Die sagt, den kann jeder verloren haben, und gestern war da nur ein Kerl voll bis zum Scheitel mit Jägermeister, nicht tot, nur besoffen, und der hatte ein Sweatshirt oder so was an, das braucht keine Manschettenknöpfe.»

«Aber das weißt du doch nicht. So 'n kostbares Ding beweist doch, dass da ein anderer gesessen hat als der Penner. In der Zeitung ist doch sein Bild. Ich schwöre, der war es.»

«Es heißt nicht Penner, sondern Obdachloser. Außerdem», sie unterdrückte einen Seufzer, «außerdem verstehe ich dich nach diesem Artikel erst recht nicht. Du hast ihn doch gelesen, oder etwa nicht? Da steht», sie hob die Zeitung hoch und las vor, «‹Bestechungsskandal im Bezirk Nord. Hamburger Geschäftsmann ergaunert städtische Sahnestücke für den Bau von Luxuswohnungen.› Hmhmhm. Dann: ‹Zwei Beamte des Liegenschaftsamtes festgenommen.› Hmhm, hmhm. Aha, jetzt kommt es: ‹Henry Genser, Immobilienhändler aus Harvestehude, steht im Verdacht, dem Verkauf mehrerer städtischer Grundstücke in bester citynaher Lage an seine Firma Downtown durch Bestechung nachgeholfen zu haben.› Ich weiß gar nicht, warum die sich so aufregen, so läuft das doch meistens. Na, das ist jetzt egal, du hast das überhört, David! Lass dir nicht das Vertrauen in unsere Verwaltung erschüttern. Jetzt kommt das Wichtigste.» Sie klopfte mit spitzem Zeigefinger auf die Zeitung: «Hör genau zu: ‹Genser, der vor vier Jahren schon einmal im Verdacht krummer Geschäfte mit sakralen Kunstgegenständen stand› – auch noch Madonnen, mit was allem dealt der bloß? –, ‹konnte bis Redaktionsschluss zu den Vorwürfen keine Stellung nehmen. Der unverheiratete Geschäftsmann, Kunstliebhaber und Norddeutscher Meister im Segeln in der Finn-Dingi-Klasse 1982› – was hat das denn nun damit zu tun? – ‹hat nach Auskunft seines Büros am vergangenen Montag die Stadt verlassen und ist nicht erreichbar. Sein Ziel: ein luxuriöses Ferienhaus in den Pyrenäen. Ist Henry Genser auf der Flucht?› Und so weiter, und so weiter. So. Da steht es.

Deine Leiche ist quicklebendig und unterwegs nach Süden. Willst du immer noch, dass wir zur Wache gehen?»

David starrte schweigend auf seinen Teller. Henry Genser. Genau den Namen hatte er gehört: Henry. Warum war ihm der Name nicht gleich gestern Abend wieder eingefallen? Jetzt würde ihm auch das keiner glauben. Nicht mal Ulla.

«Mensch, David, ich glaube ja, dass du da irgendwen gesehen hast. Ich glaube dir sogar, dass so ein Kerl auf der Bank lag. Von mir aus auch daneben. Ich bin aber sicher, nachdem du weg warst, hat der sich geschüttelt, die Beule am Kopf gehalten und ist aufgestanden und nach Hause gegangen. Danach kam dann der Penner, ich meine, der Obdachlose und hat sich auf die Bank gesetzt. Guck doch mal.» Sie reichte ihm die Zeitung über den Tisch und legte sie, als er nicht danach griff, direkt vor seine Nase auf seinen Teller. Auf Henry Gensers Stirn breitete sich ein satter Fettfleck von Davids Leberwurstbrot aus. «Das Bild ist nicht schlecht, aber viele Männer sehen so oder so ähnlich aus. Es war doch stockdunkel und ganz neblig. Da verwechselt man schon mal jemanden. Oder? Vor allem, wenn man an Schimanski und Winnetou denkt. 'tschuldigung, das Letzte war nicht so gemeint.»

«Kann sein», nuschelte David. Er nahm die Zeitung von seinem Teller und legte sie neben den Brotkorb. «Es kann aber auch sein, dass der gar nicht weggefahren ist. Vielleicht wollte er gleich nach dem Treffen mit dem anderen Mann wegfahren, und dann konnte er es nicht mehr, weil … na ja, er konnte es eben nicht mehr. Nun denken alle nur, der ist unterwegs in die Pyrenäen. Warum können die den denn nicht anrufen? Denkst du etwa, der hat kein Handy?»

«Okay, das mit dem Handy ist ein Argument.» Ulla goss sich Wein nach, leider war es nicht mehr als ein paar Tropfen. «Vielleicht ist er eine Ausnahme und lässt sein Handy im Büro, wenn er in Urlaub fährt. So was soll's geben.»

«Warum hat mich der andere dann verfolgt? Das hat er getan. Wirklich! Ich war nur schneller, sonst hätte der mich glatt gekriegt, und dann ...»

David sprach nicht weiter. Ulla stützte die Ellenbogen auf den Tisch und legte seufzend ihr Kinn in die Hände. «Pass auf, ich sag dir was. Gehen wir mal davon aus, dass alles so war, wie du erzählst. Hörst du? Es war so. Dann ist das ein Grund mehr, dass du dich da raushältst. Du bist dreizehn und ein Schüler, so was ist aber Sache der Polizei. Die wissen, wie man düstere Angelegenheiten verfolgt, wie man so was macht. Die wissen auch, wie man sich vor Ganoven schützt. Du weißt das nicht. Und ich, deine Mutter, sage dir jetzt: Schluss damit. Morgen bringst du diesen Manschettenknopf zum Fundamt ...»

«Aber Mama! Der ist doch ein Beweisstück!»

«Das ist mir egal. Die Polizei soll sich selber um Beweisstücke kümmern, das ist ihr Job. Du gehst damit zum Fundamt. Guck in die Gelben Seiten, da steht drin, wo das ist und wann es geöffnet hat. Das ist ein Befehl.

Du wirst nicht zur Wache gehen und denen erzählen, der Kerl, der so ausgesehen hat wie Winnetou, sei dieser Genser. Auch ein Befehl. Mensch, David, versteh mich doch, die haben solche Bemerkungen gemacht. Womöglich hetzen die uns das Jugendamt auf den Hals: Berufstätige Mutter vernachlässigt halbwüchsigen Sohn! Oder deinen Vertrauenslehrer, was auch nicht witziger ist. Ich bitte dich wirklich sehr: Halte die paar Tage durch, geh auch nicht mehr da runter an den Kanal. Schaffst du das? Vielleicht kriegen wir schon einen Flug am Samstag. Nur noch drei oder vier Tage, dann geht's ab in die Ferien, richtige Ferien. Wenn du willst, kriegst du da auch ein eigenes Zimmer. Mit Balkon. Ich meine das ganz ernst, David, ich habe schon genug Sorgen, noch mehr brauche ich nicht.»

Endlich sah er auf, und der laute Protest blieb in seiner Kehle stecken. Er sah Tränen in ihren Augen, und schlagartig fiel ihm ein, dass er sich mal geschworen hatte, ihr so wenig Kummer wie möglich zu machen, wo doch keiner da war, der ihr half. Außer ihm. Und Oma. Aber die lebte weit weg im Taunus.

«Ist gut, Ulla», sagte er und versuchte, fröhlich auszusehen. «Echt, ist gut. Samstag. Soll'n wir jetzt die Prospekte angucken? Ich hol sie.»

Auf dem Weg ins Wohnzimmer machte er einen Abstecher in sein Zimmer. Er trat ans Fenster und sah auf die Straße hinunter. Wo vorhin der große dunkle Wagen gestanden hatte, parkte jetzt ein Motorrad. Sicher war der Mann nur zu früh zu einer Verabredung gekommen und hatte in seinem Wagen gewartet, bis es die richtige Zeit war.

In dieser Nacht lief David durch einen langen Tunnel, so etwas wie eine große Abflussröhre und ganz dunkel. Er trug auch noch eine schwarze Brille, die er, sosehr er sich bemühte, nicht abnehmen konnte. Der Tunnel schien enger zu werden, er wusste nicht, ob das stimmte, vielleicht war er auch gleich zu Ende, er konnte ja kaum sehen. Er wollte zurücklaufen, doch das ging nicht. Hinter sich hörte er seltsam scharrende Geräusche; als es ihm endlich gelang, sich umzudrehen – komischerweise konnte er nun wieder gut sehen –, war es bloß Kuno, der seinen dicken Hundebauch eilig hinter ihm herschleifte, in jedem seiner ausgefransten Schlappohren glänzte ein riesiger Manschettenknopf. Bloß Kuno. Doch der begann, plötzlich zu wachsen und immer schneller zu werden, nun erkannte David auch die Ursache des Geräusches: Aus Kunos Pfoten wuchsen riesige Krallen, Drachenkrallen, die kamen immer näher, immer schneller, sausten heran wie Tiefflieger, rissen an seiner Kapuze – da endlich wachte David auf.

Rasch knipste er die Nachttischlampe an. Das Zimmer sah aus wie immer, kein Kuno weit und breit, und obwohl er am liebsten noch unters Bett gesehen hätte (wenn er sich das überhaupt getraut hätte), schlug sein Herz wieder ruhiger. Er lauschte in die Stille der Nacht. Es war halb fünf, das ganze Haus schlief noch, auf der Straße am Kanal rollte noch kein Auto vorbei. Auf Zehenspitzen schlich er in die Küche, trank einen Becher Milch und kroch zurück in sein warmes Bett. Er hätte gern das Radio angemacht, am allerliebsten den Fernseher, doch davon wurde womöglich Ulla wach. Er sehnte sich nach einer vertrauten menschlichen Stimme, aber er hatte überhaupt keine Lust auf ihr besorgtes Gesicht.

Er war ganz sicher, nicht mehr schlafen zu können, doch es war kurz nach neun, als er das nächste Mal erwachte. Auf dem Küchentisch lag ein Zettel mit 1000 Küssen und daneben zehn Mark für ein Mittagessen bei McDonald's (‹ausnahmsweise›) oder Kino (‹Nachmittagsvorstellung!!›). Keine mahnende Erinnerung an das Fundbüro. Sie vertraute ihm. Oder sie hatte es vergessen. Aber das glaubte er nicht.

Zwei Stunden später kam David aus dem Fundbüro im Bäckerbreitergang. Er befühlte den Manschettenknopf in seiner Tasche und machte sich auf den Weg zur U-Bahn. Die Frau hinter dem Tresen hatte zwei Männer, die eindeutig nach ihm gekommen waren, zuerst drangenommen, und während er wartete, war ihm eine gute Idee gekommen. Das Fundbüro schloss mittwochs schon um zwölf. Er konnte ihr heute Abend sagen, er sei fünf Minuten zu spät gewesen, nur fünf Minuten. Leider. (Sie kam schließlich in der letzten Zeit auch ständig zu spät.) Und morgen … Morgen war morgen.

Den ganzen Tag über wurde es nicht richtig hell, von wegen goldener Oktober, und er vertrödelte die Zeit mit seinem Computerspiel, guckte ein bisschen Fernsehen, und als Oma anrief, überzeugte er sie davon, dass es ihm prima gehe. Nein, er langweile sich kein bisschen, Ulla komme bald, und nächste Woche würden sie verreisen. Nein, nicht zu ihr in den Taunus, nach Fuerteventura. Na gut, sagte Oma, Ulla müsse es ja wissen, und schwärmte dann noch ein bisschen von den schönen Wanderungen, die man bei ihr machen könne, und ihr Blutdruck sei gar nicht gut in letzter Zeit.

Nach ‹Verbotene Liebe› stellte er den Fernseher leiser, holte die alten Tim-und-Struppi-Hefte aus dem Schrank und legte sich auf sein Bett. Die Comics waren schon ganz zerfleddert und eigentlich für Kinder, aber zu etwas anderem hatte er keine Lust. Er las gerade das dritte, ‹Tim und Struppi in Afrika›, als das Telefon klingelte. Er sprang vom Bett auf und flitzte ins Wohnzimmer, vielleicht war es Micki, der aus Italien anrief, dann konnte er ihm gleich erzählen, dass er auch noch verreisen würde, nach Fuerteventura, was viel weiter weg war als Italien. Aber es war nicht Micki.

«Spreche ich mit David Bauer?», fragte eine fremde Männerstimme. David erstarrte, und sein Herz begann heftig zu pochen. Der Mann aus dem Auto gestern. Er hatte doch herausbekommen, wo er wohnte, er hatte …

«Hallo!? Bist du das, David? Hier spricht Hauptkommissar Meyer, Kriminalpolizei.»

David hoffte, dass der Mann von der Kripo sein erleichtertes Pusten nicht hören konnte. «Ja», sagte er, und es klang noch ein wenig atemlos, «David Bauer.»

«Du warst doch neulich auf der Wache am Wiesendamm, Montag Abend. Inzwischen haben sich da ein paar Dinge ergeben, also, ich muss dir dazu noch Fragen stellen. Ich weiß, die Kollegen haben dir nicht geglaubt, aber jetzt hat sich die Sachlage geändert. Also, du hast doch den Mann gesehen, ich meine, die beiden Männer, auch den, der dich verfolgt hat. Hast du doch?»

David nickte. «Ja. Ich habe beide gesehen. Der eine trug so eine Jacke ...»

«Ich weiß. Hast du auch sein Gesicht gesehen? Könntest du ihn wieder erkennen? Bei einer Gegenüberstellung?»

«Ich glaube schon, aber es war so neblig, genau wie heute. Ich weiß nicht genau, vielleicht auch nicht.»

«Na, das macht nichts. Jedenfalls, es wäre wichtig, wenn wir die Sache nochmal durchgehen könnten. Wenn du mir alles genau zeigst und beschreibst, was du da gesehen hast. Dazu müssen wir uns am Kanal treffen. Da, wo du die Männer gesehen hast.»

«Jetzt?»

«Ja, jetzt sofort. Du bist ein wichtiger Zeuge. Wenn du gleich losgehst, kannst du in fünf Minuten dort sein, ich bin dann auch da.»

«Natürlich, aber ich weiß nicht …»

«Mach dir keine Gedanken wegen deiner Mutter. Ich habe gerade mit ihr telefoniert. Sie ist einverstanden. Wenn es um eine so ernste Sache geht, hat sie gesagt, darfst du auch jetzt im Dunkeln nochmal raus.»

«Okay, dann geh ich gleich los.»

«Das ist ganz prima. Bist du gerade allein? Ich meine, wenn ein Freund bei dir ist, wäre es gut, wenn du den nach Hause schickst. Die Sache ist noch nicht spruchreif, wir ermitteln geheim. Das verstehst du sicher.»

«Klar. Ich bin aber allein, meine Freunde sind verreist. Ich geh gleich los.»

«Gut. Ach, David? Deine Mutter hat mir eben noch erzählt, du hättest da was gefunden gestern, bei den Bänken.»

«Ja, einen Manschettenknopf.»

«Ganz prima. Ich wünschte, alle Zeugen wären so aufmerksam. Bring ihn unbedingt mit. Das ist womöglich ein wichtiges Beweis-stück. Du hast ihn doch noch?»

«Eigentlich sollte ich ihn zum Fundamt bringen, aber das, na ja, das hatte schon zu. Ich bring ihn mit. Ich habe ihn auch kaum angefasst. Wegen der Fingerabdrücke.»

«Toll. Also mach dich auf den Weg. Und beeil dich.»

Diesmal sprang David die Treppe so schnell hinab, dass Frau Ditteken es nicht mal bis zum Türspion geschafft hatte, als die Haustür schon ins Schloss fiel.

David lief die Straße hinunter, immer an der Hecke zu den Gärten am Goldbekufer entlang. Ein Auto rollte vorbei, langsam auf der Suche nach einem Parkplatz. Die Werften auf der anderen Kanalseite lagen im Dun-keln, vom Mühlenkamp fuhr ein Motorrad über die Brücke zum Poßmoorweg, gleich darauf der 106er, fast leer. Irgendwo hin-ter geschlossenen Fenstern brüllte jemand ‹Elfmeterelfmeterelfmeterscheißschiedsrich-ter›, und David fühlte sich wie in einem Traum, den er schon einmal geträumt hatte.

Es war genau wie am Montag Abend, dunkel, neblig, leere Straßen, eine Stimme aus irgendeiner Wohnung … Ihm fiel ein, dass heute wieder ein wichtiges Fußballspiel im Fernsehen übertragen wurde, ein Länderspiel, nun hockten alle zu Hause und sahen fern. Er hatte es auch unbedingt sehen wollen, damit er, wenn die Schule wieder anfing, Micki davon erzählen konnte. Er hatte es total vergessen. Scheiß auf den Fußball. Er würde Micki viel Besseres zu erzählen haben.

Vielleicht, dachte er, als er über die Moorfurthbrücke rannte und in den dunklen Schlund des Uferwegs eintauchte, hätte er doch nochmal Ulla anrufen sollen. Nur so, damit er nicht wieder ein Versprechen brach. Aber das war Blödsinn, der Kommissar hatte ja mit ihr gesprochen. Das musste reichen. Von der Barmbeker Straße jaulte ein Martinshorn herüber, er schrak zusammen, blieb kurz stehen, hörte zu, wie es sich schnell entfernte, und rannte weiter.

Bei den Werften war auch von dieser Seite

alles dunkel, nicht mal die kleine Lampe im Hof, die am Montag Abend gebrannt hatte, gegen Diebe oder so, war an. Alle Tore waren fest verschlossen. Beim Durchgang zum Poßmoorweg gegenüber Kübi's Bootshaus, da, wo gestern am Vormittag das Auto mit dem Anhänger gestanden hatte, war heute nichts als der dunkle Weg. Ihm fiel ein, dass er erwartet hatte, der Kommissar werde hier sein Auto parken. Weiter durften Autos, außer die von den Werften, nicht fahren, und von hier waren es nur noch gut zwanzig Schritte bis zum Pfad zwischen den Bäumen zu dem kleinen Wiesenstreifen, an dessen Ende die Bänke am Kanal standen. Es war stockdunkel. David blieb beklommen stehen. Für einen Moment fühlte er sich wie auf einem fremden Planeten. Entschlossen bog er um die Ecke des letzten Werftgrundstücks und trat unter die Bäume und auf den Pfad.

Zuerst sah er niemanden. Er kniff die Augen zusammen, hinter der Weide schimmerten die dunstigen Lichter der Straße am anderen Ufer, und nun entdeckte er den

Schemen einer hohen Gestalt bei der Trauerweide direkt am Wasser, ganz nah an der hohen buschigen Hecke zu Kübi's Bootshaus und zur Hanseatenwerft.

«Herr Meyer, ich meine: Herr Kommissar?»

«Pst. Nicht so laut.» Der Kommissar sprach mit gedämpfter Stimme. Natürlich. Geheime Ermittlung. «Komm her.»

Er hatte seine Hände gegen die Kälte tief in die Taschen seiner schwarzen Jacke gesteckt und sah auf David hinunter. «Du bist also David», sagte er, und der fand, dass die Stimme nicht mehr ganz so nett klang wie am Telefon. «Hast du den Manschettenknopf?»

«Klar.» David zog ihn mitsamt dem Papiertaschentuch behutsam aus der Tasche und hielt ihn dem Kommissar entgegen.

Der schob das Papier auseinander, warf einen kurzen Blick darauf, murmelte: «Gut, sehr gut» und steckte ihn in die Innentasche seiner Jacke. David sah ihm zu und fragte sich, wo wohl der Assistent sein mochte.

Kommissare hatten immer einen. Oder eine Assistentin. Ein kühler Luftzug fuhr über seinen Nacken, natürlich hatte er wieder keinen Schal umgebunden, und er spürte, wie sein Herz lauter schlug. Warum stellte der Kommissar keine Fragen? Warum stand er so nah bei der Hecke? Beinahe in der Hecke? Natürlich, Geheimermittlung. Deshalb stand er nicht bei der Bank, wo er, David, den Manschettenknopf gefunden hatte, sondern bei der anderen, die vom Weg aus nicht zu sehen war.

«Da hat der eine gesessen», flüsterte David und zeigte mit dem Kinn zu der Bank ohne Sitz und Lehne.

«So. Da hast du auch den Manschettenknopf gefunden?» Die Stimme des Kommissars war kaum zu verstehen.

«Ja, der lag dort im Gras. Er ist gar nicht rostig oder verdreckt, der kann da nicht lange gelegen haben, bestimmt hat ihn der Mann verloren. Der Verletzte.»

«Möglich. Ich habe hier auch was gefunden, komm mal näher.» Der Kommissar trat einen halben Schritt zur Seite und zeigte in die Hecke, die dort eine kleine Beule hatte.

David beugte sich hinunter. «Ich kann nichts erkennen, haben Sie vielleicht mal eine Taschenlam …»

Weiter kam er nicht. Ein Tuch wurde auf seinen Mund und vor seine Nase gedrückt, es roch scharf und süßlich, er wollte schreien, aber er bekam keine Luft. Er ruderte mit den Armen, versuchte die Faust mit dem Tuch wegzuschieben, doch es ging nicht. Eisenhart hielt ihn der Griff des Mannes im Genick, presste mit der anderen Hand das Tuch noch fester auf Davids Gesicht, und er spürte, wie der Boden unter ihm verschwand, nasses schlammiges Gras an seinen Händen – dann war nichts mehr.

Im Kommissariat war die Hölle los. «Wieso habt ihr ihn verloren?», brüllte Hauptkommissar Hollendorf ins Telefon. «Wieso? Wo habt ihr ihn zuletzt gesehen? … Winterhude, Stadtpark. Aha. Das ist groß!! Wo? … Südring. Mensch, der ist *lang*. Wo da? … Okay, sein Wagen steht Ecke Südring und Saar-landstraße. Da ist jetzt keine Seele. Was macht der da? ... Ja, ich weiß, der steht da. Und ist der Kerl da ausgestiegen oder was? Hat er euch etwa bemerkt ... *Natürlich* wisst ihr das nicht. Diese verdammten Herbst-ferien. Alle Leute mit für fünf Pfennig Grips und Erfahrung sind mit ihren Gören im Ur-laub, und ich kann mich mit euch Anfängern umschlagen ... Er ist den Südring runterge-gangen, und da habt ihr ihn verloren. Große Klasse. Ja, ich weiß selbst, dass es neblig ist und die Sicht schlecht. Wahrscheinlich ist der Kerl direkt zur Wache Wiesendamm mar-schiert, nur mal hallo sagen. Wiesendamm!? Moment ... Moment!, habe ich gesagt.»

Hollendorf begann hektisch in den Papie-ren auf seinem Schreibtisch zu wühlen, die nur für Nichteingeweihte von Unordnung zeugten. Nach dreißig Sekunden hatte er ge-funden, was er suchte.

«Dieser Junge, den zuerst alle für einen Angeber gehalten haben, der wohnt da ganz in der Nähe, Goldbekufer, ja, und ... Sei still,

Hübchen, verdammt, hör zu, dieser Junge und die Fundstelle, die der angegeben hat, Grünanlage neben Hanseatenwerft / Kübi's Bootshaus beim ‹Kleingartenverein 422 Goldbek›. Ja, weiß ich, dass du weißt, wo das ist. Genau! Wo ihr den toten Junkie gefunden habt. Bete, Hübchen, dass ihr nicht zu spät kommt. Der Junge ist nämlich nicht zu Hause. Hat Horst gerade gemeldet. Hin da!, und leise!!, ich bin auch gleich da.»

Im Rauslaufen griff Hollendorf nach seiner Jacke, es war so eine, wie Schimanski sie immer trug, aber das stritt er stets vehement ab. Er rannte in den Hof zu seinem Auto, unterwegs zerrte er sein Handy aus der Tasche. Er hasste es, beim Autofahren zu telefonieren. Leider musste er das jeden Tag. Und jetzt erst recht.

Für einen Moment dachte David, er schwebe auf einer Wolke, doch dann fühlte er hartes Holz in seine rechte Hüfte drücken, spürte den Knebel im Mund und irgendetwas, das seine Arme zusammenband. Sein Kopf schmerzte dumpf und war voll von schwarzem Nebel. Seine Augen fühlten sich an, als habe jemand einen Reißverschluss eingebaut. Als es ihm endlich gelang, sie zu öffnen, merkte er, dass es außerhalb seines Kopfes kaum anders war. Irgendetwas plätscherte leise, jetzt begriff er, warum es so sanft schaukelte. Er lag in einem Boot, das eilig und doch fast geräuschlos vorwärts gepaddelt wurde. Von wem? Dem Kommissar? Der war kein Kommissar. Der war auch sonst kein Polizist. Der war der Mann in der Jacke, wie Schimanski immer eine getragen hatte. Der Mann, der den anderen, den bei der Bank, getötet hatte.

David wollte sich bewegen, doch sein Körper gehorchte ihm nicht, er war erstarrt vor Angst und Schwäche und Kälte. Was wollte der von ihm? Wo brachte er ihn hin? Woher hatte er gewusst, wer er war? Wo er wohnte? Wieso hatte er von Ulla gewusst? Wo war seine Jacke? Wie war er … Panisch stellte er sich immer neue Fragen, damit er die Antworten nicht geben musste.

Das Boot wurde langsamer. Ein seltsames Geräusch kam näher. Menschen. Er musste nur schreien, aber das konnte er nicht. Verzweifelt versuchte er seine Zunge zu bewegen, um den Knebel herauszustoßen, es ging nicht, der saß zu fest, ein Band schnitt nur noch schmerzhafter in Davids Mundecken.

Nun drängten sich Antworten in seinem Kopf wie eine Woge: Der will mich erschlagen. Wie den anderen Mann. Ich bin ein Zeuge, der muss mich wegschaffen. Der wird mich ... Plötzlich sah er Ullas Gesicht, glaubte ihre Hand auf seinem Rücken zu spüren, warm und beschützend. ‹Ganz ruhig, David.› Das sagte sie immer, wenn er mal einen Anfall hatte, weil irgendetwas nicht klappte, eine Matheaufgabe oder Latein. ‹Tief durchatmen und überlegen, dann geht alles besser. Irgendwie kriegst du das schon hin.› Tief durchatmen. Aber wie sollte er das hier hinkriegen?

Der Lärm in der Luft kam näher, stand still, entfernte sich wieder. Das Boot schaukelte heftig, begann sich wieder schneller vorwärts zu bewegen, nur kurz, dann hörten die Paddelschläge auf, und es glitt still durchs Wasser. Endlich gelang es David, unter der Decke, die der Mann über ihn gelegt hatte, hervorzublinzeln. Er sah Gebüsch am nahen Ufer – welches Ufer? Wie lange war er bewusstlos gewesen? War da schon ein Boot auf dem Goldbekkanal gewesen? Er hatte keines gesehen, er hatte aber auch nicht darauf geachtet. Vielleicht hatte der ihn erst im Auto weggebracht, und sie waren jetzt ganz woanders. Im Alstertal oder auf einem der Kanäle in Hammerbrook. Vielleicht ...

Er spürte Tränen auf seinen Wangen. Er hatte nicht gewusst, dass man sich so allein fühlen konnte, so verlassen. Als wäre die ganze Welt gestorben. Es roch nach nasser Wolle, ihm wurde übel, und sein Magen krampfte sich zusammen. Die Decke wurde weggezogen, große eiskalte Hände legten sich auf sein Gesicht. Tot stellen, nicht bewegen. Der einzige Gedanke, der in seinem Kopf pochte: tot stellen. Es ist nur ein Traum, nichts als ein böser Traum, gleich kommt

Kuno wieder angeflogen, mit den Manschettenknöpfen in den Ohren, mit diesen Krallen wie von einem Drachen.

Es war kein Traum. Die Hände des Mannes tasteten hastig seine Arme hinunter, fanden und lösten die Fesseln. Dann lösten sie das Band, das den Knebel hielt. Der Knebel. Ohne den konnte er schreien, irgendwer würde ihn hören und kommen. Laut schreien. Nur ein Krächzen kam aus seiner Kehle, ein raues Wimmern, und sofort legte sich eine Hand auf seinen Mund. Das Tuch mit dem widerlichen Geruch wurde auf seine Nase gedrückt, ihm schwindelte, er spürte, wie seine Arme erschlafften, er versuchte, um sich zu schlagen, doch seine Muskeln gehorchten nicht mehr.

Er hörte wieder den Lärm, und das Boot schwankte. Warum hörte dieser schreckliche Lärm nicht auf? Harte Hände griffen ihn. Oder schwebte er? In einem Karussell? Wasser schlug über ihm zusammen, eisiges, moderiges Wasser, und plötzlich war er hellwach. Er ruderte voller Panik mit den Armen, endlich gehorchten sie ihm, seine Lungen schmerzten und wollten platzen, Wasser in seinen Augen, seiner Nase, seinem Mund, Wasser über seinem Kopf. Überall schwarzes Wasser. Da, endlich, da war wieder Luft. Und Lärm. Heftiger Wind trieb ihm Gischt ins Gesicht, wieder ging er unter. Oder nicht? Eine laute Stimme rief irgendetwas. «Aufgeben!... Herr Lund... Umstellt!» Viel lauter als in der Wirklichkeit. Und Lund? So hieß Ullas Chef, der war doch nicht hier, sondern im Büro. Also doch ein Traum. Noch mehr Lärm, anderer Lärm, plötzlich war da auch Licht, ein gleißend heller Lichtstrahl traf und blendete ihn. Wieder griffen harte Hände zu.

«Nein», krächzte er, hustete und spuckte Wasser, «nein!» Er schlug um sich, doch sie hielten ihn fest. «Hör auf, Junge. Aua! Dir tut keiner was, wir holen dich doch nur raus aus dem Scheißkanal. Hör auf!! Ist doch alles vorbei jetzt.»

Als er Ulla aus dem Polizeiwagen springen und auf ihn zurennen sah, als sei die Welt voll Feuer, begann er zu weinen. Als sie ihn in die Arme nahm, ihn drückte und küsste und lachte und auch weinte, schluchzte er laut auf. Er schämte sich nicht mal dafür. Er roch ihren Duft, den er immer so gern hatte, er fühlte ihr Haar nass auf seinem Gesicht und wünschte sich nur noch zu schlafen. Ohne schlechte Träume, einfach schlafen, in Ullas Armen mit ihrem Duft.

Er schlief dann doch nicht ein. «Das Schwein bring ich um», sagte Ulla, dann lachte sie wieder und weinte und sagte: «Keine Sorge, David, ich tu's nicht. Wirklich. Ich bin nicht so wie der. Aber irgendwas ...»

«Klar, Frau Bauer, irgendwas. – Na, David? Geht's dir besser?»

David nickte, sah den fremden Mann, sah Ulla, schälte sich aus der Decke und blickte sich um. In seinem Kopf war immer noch ziemlich viel Nebel, doch er erinnerte sich, wie ihn zwei Männer aus dem Kanal und in ein Boot gezogen, wie sie ihn in Decken gewickelt und ans Ufer gebracht hatten. Da waren Autos, grün-weiße und schwarze. Ein Hubschrauber rotierte dröhnend in der Luft und flog weg, natürlich, der hatte den Krach gemacht. Ein Auto voller Leute fuhr ab, er erkannte Menschen am Kanal, und ein Krankenwagen rollte ans Ufer. Eine Frau, die aussah wie eine Ärztin und sich auch so benahm, untersuchte ihn, nickte den anderen zu, und David glaubte etwas von ‹Okay. Ruhe, Schlaf und seine Mama, dann ist der wieder wie neu› zu hören. Da war noch ein Peterwagen gekommen, mit Blaulicht und Martinshorn, und Ulla war rausgesprungen, kaum dass er hielt, und hatte ihn fast tot gedrückt, wo er doch gerade erst gerettet worden war.

Als zwölf Tage später die Schule wieder begann, interessierte sich niemand für Davids Ferien auf Fuerteventura, obwohl die wirklich toll gewesen waren, besonders die Ausritte am Strand (David war nur einmal vom Pferd gefallen, das musste er ja nicht erzählen; auch nicht, dass er mit Ulla in einem

Zimmer geschlafen hatte, weil ihn ständig diese Albträume plagten und er nicht allein im Dunkeln liegen konnte). Alle wollten nur die Geschichte hören, wie David einen Mörder gefangen hatte. Obwohl David fand, dass das die Polizei getan hatte, eigentlich, ließ er sich nie lange bitten. Die Mappe mit den Zeitungsausschnitten zeigte er allerdings nur Micki. Da stand auch alles über die beiden Männer drin, die David in jener Nebelnacht beobachtet hatte: Robert Lund, Ullas Chef, und Henry Genser, der eben doch nicht in sein Ferienhaus in den Pyrenäen gefahren, sondern tot unter alten Wurzelstrünken im Osterbekkanal gelandet war.

Die beiden hatten an jenem Abend miteinander gestritten. Es war um die Grundstücke am Goldbekkanal gegangen, die Genser Lund mit der größeren Bestechungssumme vor der Nase weggeschnappt hatte. Und um Melanie, Robert Lunds Frau, die Henry Genser ihm gerade auf ganz ähnliche Weise wegzuschnappen drohte. Genser war an dem Abend bei Paul Lohmann in dem Büro der

Werft am Goldbekkanal gewesen, und Lund hatte ihn auf dem Rückweg zu seinem Auto, das im Poßmoorweg parkte, abgefangen. Um mit ihm zu sprechen, ohne Zeugen. Aus Sprechen wurde Streiten, hartes Streiten, immer unter die Gürtellinie, darin waren beide Meister, und dann hatte Lund zugeschlagen. Leider knallte Genser mit dem Kopf auf die Betonstrebe, er war nicht gleich, aber ziemlich bald tot. Und das, nachdem Lund erst vor wenigen Tagen vor ziemlich vielen Zeugen grappaselig verkündet hatte, den bringe er um, das Schwein, wobei es da allerdings um ihre schon Jahre während Feindschaft und nun vor allem um Melanie gegangen war.

Genser war schnell gefunden worden, weil alle Enten des Kanals und zwei besonders dicke Ratten sich so auffällig und aufgeregt an einer Stelle des Ufers tummelten, dass ein Angler nachsah, was sich dort wohl verbarg. Die Polizei war Lund schon auf der Spur, und nur Hauptkommissar Hollendorfs gut trainierte Kombinationsgabe rettete David das Leben. Dabei hätte er Lund, den er nur in Nebel und Dunkelheit flüchtig gesehen hatte, niemals als Täter wieder erkannt.

Der Verkauf der Grundstücke am Goldbekkanal wurde übrigens für ungültig erklärt. Es sieht auch nicht so aus, als würde die Stadt sie in absehbarer Zeit wieder zum Verkauf anbieten. Nicht, dass es an Angeboten mangelte, aber plötzlich fanden alle, selbst jene Nachbarn, die sich immer mal wieder über Maschinenlärm beschwert hatten, es sei eine unsägliche Schande für eine Hafenstadt, Winterhudes letzte Bootswerften zu vertreiben oder durch einen teuren Umzug zum Bankrott zu zwingen.

Eine Bürgerinitiative drohte sich zu gründen, und sogar Frau Ditteken unterschrieb deren Unterschriftenliste. Verenas Chef Herr Lohmann sah in der letzten Zeit wieder sehr gesund aus, und Micki bestellte David schöne Grüße von Verena, die David leider mal wieder tief erröten ließen. Aber Micki sah einfach nicht hin und fuhr fort, Herr Lohmann lasse ausrichten, wenn David

einen Platz für ein Schulpraktikum brauche
oder später für eine Lehre – kein Problem, je-
derzeit.

Vom unheimlichen
Wirken einer seltsamen Mitgift
auf einer Insel im Moor

Ocko tom Everen starb einen schweren Tod. Sein Leben lang war er ein Mann wie ein Bär gewesen, und dann, plötzlich im Oktober des Jahres 1648, begann sein Sterben. Niemand wusste warum, ihn plagte kein Fieber, sein Leib blähte sich nicht, und seine Haut wurde nicht schrundig, wie es manchmal geschieht, wenn sich eine tödliche Krankheit ankündigt. An einem Morgen stand er nicht mehr auf. Er lag in seiner Kammer, sein Geist kämpfte gegen einen Feind, den niemand außer ihm sah, und seine Kraft schwand mit jeder Stunde. Als seine letzte Nacht begann, trieb der Wind von Aurich her Glockenklang dünn übers Moor. Nicht als Geleit für seinen letzten Kampf, noch schwieg das Totenglöckchen. Nein, es war die große Glocke der

Freude mit dem klaren, über viele Meilen hallenden Klang, denn die Boten aus Münster hatten nun auch das Schloss zu Aurich erreicht und bekannt gemacht, dass endlich Friede sei. Vier Jahre lang hatten die Herren in Münster und Osnabrück für ihren Kaiser, ihre Könige und Fürsten um die neue Verteilung der Mächte in Europa gefeilscht, bis sie zur Feder griffen und den Krieg, der dreißig Jahre gedauert hatte, beendeten.

In alle Richtungen der Windrose ritten die Boten, und mit ihnen zog der Klang der Glocken, sprang über Flüsse und Gebirge, von Dorf zu Dorf, von Stadt zu Stadt, von Land zu Land. Millionen Menschen hatte der Krieg das Leben gekostet. Die meisten waren nicht Opfer der Schlachten geworden, sondern seiner Geschwister Seuche und Hunger. Und der endlos wandernden Armeen mit ihren verrohten Söldnern aus aller Herren Länder und dem Gesindel, das ihnen folgte. Sie fielen über Weiler, Dörfer und Städte her, raubten, mordeten, schändeten, schleppten alles Ess- oder sonst wie Verwertbare davon, sogar das Saatgut für das nächste Frühjahr.

Dass der Krieg vorüber war, stand nur auf den Dokumenten. Jetzt zogen marodierende Banden von Heimatlosen durchs Land, mit ihnen die aus den Armeen entlassenen Soldaten, die kein Brot mehr bekamen von ihren Feldherren und jetzt Beute machten im eigenen Namen. Das Reich war verheert, im Süden noch erbarmungsloser als im Norden. Die Äcker ganzer Landstriche lagen brach, weil es dort niemanden mehr gab, sie zu bestellen. Der bevorstehende Winter würde viele weitere Opfer kosten. Der Krieg hatte im Namen der Religionen gebrannt? Viele Leute sagten, es sei jetzt gewiss, dass kein Gott ist.

So sah die Welt aus, in jenem Oktober, in dem Ocko tom Everen starb. Der Krieg hatte auch das östliche Friesland nicht verschont, doch die abgelegene, von undurchdringlichen Mooren durchzogene Region war nur ärmer geworden, nicht verbrannt und verödet. Aber wie überall im Land hatte der

Krieg auch hier die Reichen noch reicher gemacht.

Auch Ocko tom Everen. Dennoch war in seinen letzten Stunden kein Pfarrer bei ihm, wie es in einem christlichen Haus sein sollte. Seit Jahren war keiner mehr auf dem einsamen Hof gewesen. Selbst wenn zu diesem Anlass gewiss einer gekommen wäre, ob Ocko gewollt hätte oder nicht, man hatte keinen holen können. Der Everensche Hof lag weitab von den Menschen auf einer Geestinsel im Moor nahe dem Ewigen Meer, und in den letzten Wochen hatte es so viel geregnet, dass der Weg, der von Aurich über Tannenhausen herüberführte und selbst bei besserem Wetter nur für Ortskundige als ungefährlich galt, unpassierbar war. So saß nur Theda, Ockos einzig überlebendes Kind, an seinem Lager. Sie hatte Kerzen angezündet, viel mehr, als Ocko jemals erlaubt hatte, und lauschte bang auf seinen Atem. Einmal, als er begann, sich unruhig herumzuwälzen, nahm sie seine Hand. Vorsichtig, als sei sie zerbrechlich. Oder ein fremdes Ding, das sie nie zuvor gesehen oder gefühlt hatte. Zuerst versuchte er, sich der Berührung zu entziehen, doch dann wurde er ruhiger, gab den Widerstand auf, und seine Hand lag ruhig in der seiner Tochter.

Theda wusste nicht, was sie tun sollte. Das Sterben gehört zum Leben, das wusste sie wohl. Sie hatte ihre Mutter sterben sehen, auch wenn sie sich daran kaum erinnerte, dann ihre beiden jüngeren Brüder, und vor zwei Jahren war Enno gestorben, der alte Knecht und Vertraute, der Ocko sein Leben lang begleitet hatte, auch wenn der Ochsen und Pferde der Everenschen Zucht zu dem großen Viehmarkt nach Köln trieb. Theda war im Moor geboren und aufgewachsen, bis auf die beiden Jahre, die sie bei einer Tante in Emden verbringen musste, um Lesen und Schreiben zu lernen, auch ein wenig Rechnen und vor allem gute Sitten.

Anno 1622, als der in niederländischen Diensten stehende Mansfelder mit achttausend Mann über die Ems kam, um im ruhigen Ostfriesischen zu überwintern, als seine

Söldner und Landsknechte so übel im Lande hausten wie die Schwedischen anderswo, flüchteten alle, die es sich leisten konnten, mit ihren Familien und möglichst viel Hab und Gut ins sichere Emden. Ocko hingegen zog sich mit seiner Familie und seinen Pferden von seinem Marschenhof ins Moor zurück. Durch das Moor, sagten die Leute, würde sich keine Armee wagen, nicht einmal eine Horde marodierender Söldner, das sei wohl gewiss. Doch im Moor könne niemand lange leben, tom Everen sei verrückt. Aber Ocko ließ auf der Geestinsel südlich des Ewigen Meeres aus dem alten kleinen ein großes neues Haus machen, trotzig aus teurem, dauerhaftem Backstein, und mied hinfort die Menschen noch mehr. Auch als der Mansfelder mit seiner Armee gegen hohen Tribut wieder abzog, blieb er im Moor. Anno 1627, im Dezember, kam der kaiserlich-katholische Feldherr Tilly mit seinen Truppen, er blieb vier Jahre. Schließlich, im August anno 1637, kamen wieder lutherische, diesmal der Landgraf Wilhelm von

Hessen-Kassel, genannt der Beständige, mit seiner Armee, siebentausend Mann. Zugehörig zur französisch-schwedischen Allianz, von den Niederlanden unterstützt gegen die Kaiserlichen, die Habsburger. Immer wieder gab es kleine Scharmützel, aber die Ostfriesen waren nicht einig genug, um sich von der Übermacht zu befreien. So arrangierten sie sich notgedrungen, und die hessische Armee, halbwegs zivilisiert und ohne allzu große Lust auf Kampf, blieb. Als der Landgraf im September starb, kaum fünfunddreißig Jahre alt, setzte sich seine junge Witwe, Landgräfin Amalie Elisabeth, an die Spitze der Armee. Und blieb. Jahr um Jahr um Jahr.

Ocko machte von Anfang an gute Geschäfte mit den Hessen, denn dass tom Everen die besten Hengste züchtete, wusste jeder im Land.

Ein paar Mal im Jahr nahm er Theda mit nach Aurich; häufiger, als sie alt genug wurde, sein Haus zu leiten und Einkäufe zu machen. Die alte Quade sagte ihm schließ-

lich, er müsse das Mädchen auch in die großen Häuser führen, zu den Leuten, zu denen
sie gehöre, damit sie unter Menschen nicht
scheu bleibe wie ein Fohlen. So nahm er sie
also mit in die großen Häuser. Aber es gefiel
Theda dort nicht, und da es auch Ocko dort
nicht gefiel, besuchte sie bald nur noch die
Märkte und Läden, um Tuche, Geschirr und
anderes zu kaufen, das auf dem Hof ge-
braucht wurde.

Am ersten Sonntag jeden Monats und zu
den kirchlichen Festtagen fuhr sie, wenn das
Wetter es zuließ, mit Quade in ihrem Zwei-
spänner nach Aurich zum Gottesdienst in
der Lambertkirche. In den letzten Jahren
konnte es vorkommen, dass eine der ganz alten Frauen, die in den Kirchenbänken saßen
und mit blassen Augen beobachteten, wer
den Gottesdienst besuchte und wer ihm fern
blieb, die schlanke, hoch gewachsene junge
Frau mit dem rötlich blonden Haar zu den
tom Everenschen Plätzen in einer der vorde-
ren Bänke gehen sah und glaubte, Anna tom
Everen zu sehen. Thedas Mutter war eine

Tochter aus altem Auricher Haus gewesen, ein heiteres Geschöpf mit lichten Farben, freundlich, gütig, frei von Dünkel, und viele glaubten, dass ihr früher Tod Ocko tom Everen so düster verändert hatte. Die alte Quade wusste es besser. Sie sah, hörte und wusste von jeher mehr als andere, aber darüber sprach sie nie.

Sie hatte Anna geliebt wie ein eigenes Kind, so liebte sie Annas Tochter wie eine Enkelin. In Ocko tom Everens letzter Nacht saß sie in einer dunklen Ecke des Sterbezimmers, fühlte die Kälte des Todes, fühlte sie schon lange vor Ocko und wachte über sein Sterben und Thedas Leben. Sie fürchtete sich nicht vor dem Tod, sie war vielen seiner Boten begegnet. Aber dennoch fürchtete sie diesen, Ockos Todesboten, denn sie war nicht sicher, ob er sich mit Ocko begnügen würde. Sie hatte ihn schon vor vielen Nächten gesehen, zum ersten Mal, bevor der Sturm begann und der halb volle Mond sein mattes Licht über den von Heidekraut überwucherten Weg zwischen den grauen

Stümpfen der uralten Eschen warf, die Ocko vor vielen Jahren, als der Holzpreis gerade besonders hoch stand, hatte schlagen lassen. Dort hatte sie ihn zuerst gesehen, am Ende des Weges, mitten im Moor. Er trug den roten Schimmer der Gier, und Quade wusste, dass sie auf Theda gut Acht geben musste. Sie hatte kein Mittel gegen den Tod und seine Boten, aber sie wusste, wie mit ihm zu handeln war.

In der vergangenen Nacht war er schon ganz nah gewesen, nun stand er in der Tür und wartete, bis es Zeit war, Ocko mitzunehmen. Im Licht von Thedas Kerzen vermochte Quade nicht mehr zu erkennen, welche Farbe ihn nun umgab.

Sie reichte Theda die Bibel, das Mädchen nickte dankbar und begann, dem Sterbenden daraus vorzulesen. Aus den Psalmen zuerst, dann die Geschichte von der Auferweckung des Lazarus. «Ich bin die Auferstehung und das Leben. Wer an mich glaubt, wird leben, auch wenn er stirbt.» Ocko hörte ihre Stimme, sein Atem wurde ruhiger, und

Theda schien, dass auch seine Züge, in den vergangenen Jahrzehnten so hart geworden, dass ihn Freunde aus seiner Jugend kaum mehr erkannten, milder wurden. Da nahm sie wieder seine Hand, und zum ersten Mal seit vielen Jahren erinnerte sie sich daran, dass es einmal einen Ocko tom Everen gegeben hatte, der lachend nach den Händen seiner Tochter gegriffen, das Kind hoch durch die Luft geschwungen und auf seine Schultern gesetzt hatte.

«Vater ...», flüsterte sie. Was sollte sie sagen? Wie nahm man Abschied? Da schlug er die Augen auf, und sie sah, dass er keine Worte mehr brauchte. Er brauchte ihre Hand, ihre Nähe, die Wärme in ihren Augen.

Plötzlich wurde sein Griff fester. Seine Lippen formten Worte, die Theda nicht verstand. «In der Truhe», flüsterte er dann, das verstand sie genau, und: «Der Kasten in der Truhe ... ins Moor, tief ... niemals, Theda ...»

Da sah Quade hinter dem Fenster ein Flackern am Ende des Eschenwegs über dem

Nebel, und der Bote trat vor und breitete seinen Schatten über Ocko tom Everen.

Als der Tag anbrach, lag eine große Stille über dem Moor. Das Glockengeläut, von dem noch niemand auf dem Hof wusste, was es bedeutete, war verstummt, und bis auf den posaunengleichen Gesang der weißen Singschwäne, die bei Sonnenaufgang von den kälteren Ländern im Nordosten kamen und hoch am Himmel über den Hof zu ihren Winterquartieren am Rande der Moore zogen, blieb der Tag still. Ockos Leute sagten: Die Schwäne kommen früh in diesem Jahr, der Winter wird hart. Oder: Bald ist Martinstag, dann gibt es Lohn. Oder: Nun kommt bald der Schäfer aus der Heide zurück, die Winterställe für die Schnucken müssen hergerichtet werden. Dann ging jeder seiner Arbeit nach.

Über Ockos Tod sprachen sie nicht, jedenfalls nicht laut. Was wohl daran lag, dass niemand um ihn trauerte, denn er war ein harter Herr gewesen und nicht einmal gerecht.

Wem das Leben auf seinem Besitz nicht passe, hatte er stets gesagt, der könne gehen. In diesem Land gebe es keine Leibeigenen, nur freie Friesen. Das mochte stimmen, doch weil die Freiheit der Besitzlosen auch in Friesland nur die Freiheit des Hungers war, ging niemand, der nicht einen anderen Brotherrn gefunden hatte. Keiner, der gegen tom Everen aufbegehrte, würde einen finden. Das wusste jeder.

Nur Quade schien nach dem Tod ihres Herrn noch grimmiger als zuvor. Und Theda? Theda trauerte wohl, aber als die Tage vergingen, zu Wochen wurden, spürte auch sie, dass das Leben leichter wurde auf dem Everenschen Land. Obwohl der November eine für diesen Landstrich zwischen den großen Flüssen und nahe dem Meer ungewöhnlich bittere Kälte brachte, lag nun eine ruhige Heiterkeit über dem Hof, die bald auch von ihr Besitz ergriff. Sie schämte sich dafür, aber Quade, die alles sah, strich ihr übers Gesicht, sah prüfend in ihre Augen und sagte dann: «Unsinn, Kind, die Heiterkeit ist dir eigen, und sie kommt von Gott. Es gehörte zu Ockos Sünden, dass er seine hergab.»

Theda war nun die Herrin der Everenschen Besitztümer. Als der Frost die Wege sicherer machte, ließ sie Cirk, ihren Apfelschimmel, satteln und ritt mit zwei Knechten nach dem alten Marschenhof der Familie inmitten seiner fruchtbaren Äcker und Wiesen, mit seinen Ställen voller Rinder und Milchkühe. Sie fand alles wohl bestellt, und der Verwalter, ein fähiger Mann, erwies ihr seinen Respekt. Sie besuchte auch die Katen der Everenschen Kleinpächter am Rande des Moores, verringerte die Pacht bei einem, dessen Vieh gestorben und der gewiss gewesen war, nun sogleich vertrieben zu werden. In einer anderen Kate ließ sie einen Beutel mit Arnika und Fieberklee für eine kranke Alte zurück und versprach in der nächsten, zur Geburt des ersten Kindes im Frühjahr ein Lamm zu schicken. Sie setzte aber auch einem, der seine Zeit mit Schnapsbrennen vertrödelte, nur seiner Kinder wegen eine letzte Frist. Im März, wenn die Stürme nachließen und der Regen wärmer wurde, wollte sie auch auf dem alten Ochsenweg bis hinunter ins Soestische reiten, wo die meisten der Everenschen Ochsen zur Mast auf fetten Weiden standen.

Theda tom Everen, sagten die Leute in den Höfen und Katen und im ganzen Auricher Land, werde eine gute Herrin sein. Wohl auch streng, aber doch gerecht, sie sei klug und habe ein großes Herz, wie auch Anna eines gehabt habe. Vielleicht hatte sie auf ihrer Moorinsel nicht viel von der Landwirtschaft gelernt, aber dass sie über genauso viel Pferdeverstand verfügte und auch zu rechnen wusste wie der selige Ocko, daran zweifelte niemand. Selbst wenn sich das für eine Frau, ganz besonders für eine so junge, unverheiratete, eigentlich nicht schickte. Es sei nur gut, sagten deshalb die Leute, dass Theda Edzard Rowennas Frau werde, sobald das Trauerjahr um sei. Da komme auch Geld zu Geld.

Edzard Rowenna war noch vor wenigen Jahren ein schöner junger Mann gewesen, nun war er nicht mehr ganz so schön, aber immer noch reich wie nur wenige in Aurich. Den Reichtum hatte sein Urgroßvater begründet, Goldschmied zuzeiten, als die Friesen noch ihren Reichtum zeigten, indem sie ihre Frauen mit viel feingearbeitetem Gold und kostbaren Steinen behängten. Die hohe Zeit der friesischen Goldschmiedekunst war vorbei, doch die Rowennas hatten es verstanden, rechtzeitig in den Handel einzusteigen. Auch wenn der lange Krieg und die teure Besatzungsarmee das Land arm gemacht hatten, gab es doch etliche, die mit dem Geschick der Händler davon reicher geworden waren. Edzard gehörte zu ihnen. Seine Mutter Christine sah das mit Behagen, mit weniger Behagen allerdings sah sie das stolze Gehabe ihres Sohnes. Die Wahl seiner Braut hatte sie nicht verstanden und zunächst auch nicht gutgeheißen. Das Mädchen aus dem Moor schien ihr gar zu spröde und zu wenig gewandt für das Leben an der Seite ihres

Sohnes in der Residenzstadt. Aber vielleicht, so dachte sie nun, war so eine gerade richtig, ihm diese neuen Anflüge von Schlendrian auszutreiben.

Als der Dezember begann, rief sie ihren Sohn zu sich und trug ihm auf, nach dem Everenschen Hof zu reiten. Was dem nicht gefiel. Die Wege, sagte er, seien nicht sicher, zudem müsse er Thedas Trauerzeit respektieren, Trauer sei eine Zeit der Stille und der frommen Einsamkeit. Dem stimmte Christine zu, so weit es vornehme Witwen betraf. Theda aber, so dachte sie, ist jung und reich. Mancher mochte sie auch schön finden. Immerhin war Ockos Tod der Unterzeichnung der Braut- und Eheverträge zuvorgekommen, sie würde nicht dulden, dass die Bequemlichkeit ihres Sohnes die Familie eine gute Partie kostete. Wer wusste schon, ob sich nicht einer fand, der den Weg über das Moor weniger scheute als ihr Sohn.

«Edzard», sagte sie mit diesem milden Lächeln, das er mehr fürchtete als jedes harte Wort, «du wirst reiten, morgen in aller

Frühe. Der Weg ist fest genug, und Theda, nun ja, es ist deine Pflicht, ihr beizustehen.»

Edzard nickte ergeben. Er wusste, wann es vorteilhafter war, zu schweigen und zu tun, was von ihm erwartet wurde.

So hüllte er sich am nächsten Tag trotz Nässe und Wind in seine Pelze und machte sich, begleitet von seinem Stallmeister und drei Knechten, einem Korb mit gesottenen Kapaunen und einem zwischen heiße Steine gepackten Krug roten Weines auf den Weg über das Moor, seine Braut einzuladen, den Winter oder doch zumindest das Christfest im bequemen Auricher Stadthaus seiner Mutter zu verbringen.

Bei Tannenhausen, der Wein war trotz der Steine kalt geworden und schmeckte sauer und schal, beschloss er umzukehren. Er starrte in den kalten Dunst über der Ebene, deren bedrohliches Schweigen nicht einmal vom Krächzen einer Nebelkrähe unterbrochen wurde, rieb seine tropfende rote Nase und verfluchte Ocko tom Everen. Wer wusste schon, ob überhaupt stimmte, was der Alte ihm weinschwer in jener Nacht des letzten Ostermarktes erzählt hatte? Wenn Rowenna Theda zur Frau nehme, hatte er gesagt, bekomme er mit ihr nicht nur den Everenschen Besitz, sondern auch ein Mittel, diesen und seinen eigenen Besitz ohne Ende zu sichern und zu mehren. Ein geheimes Mittel aus uralter Zeit, das schon viele reich gemacht habe, das beizeiten weitergegeben werden müsse, und er, Ocko, wisse niemanden, der es besser nützen werde als Edzard Rowenna.

Der hatte gelacht, die Gläser nachfüllen lassen und sich nicht weiter um diese Geschichte gekümmert. Aber Ocko war hartnäckig, er wusste immer, was er wollte, und jetzt wollte er den Rowenna für seine Tochter. Beim Pferdemarkt im Mai hatte er wieder von diesem geheimen Mittel getuschelt. Und weil gerade nichts Besseres zu tun war, hatte Edzard begonnen zu fragen. Was das für ein geheimnisvolles Mittel sei? Woher Ocko es habe? Was man mit ihm tun müsse?

Nichts mit ihm tun, hatte Ocko geflüstert, man müsse ihn nur besitzen. Er habe den Dolch von einem fremdländischen Händler gekauft, und der …

«Ein Dolch?» Wieder hatte Edzard gelacht. «Und gekauft?» Warum verkaufe einer so ein Wunderding um ein paar schnelle Taler, wenn es ihn reich machen könne?

Das wusste Ocko nicht. Auch er hatte den Dolch nur um seiner fremden Schönheit willen gekauft und auf das Geraune von geheimer Kraft nichts gegeben, aber dann habe sich die Macht der alten Waffe schnell und auf eine Weise gezeigt, die keinen Raum mehr für Zweifel ließ.

«Herr, Ihr solltet nicht so lange in dieser Kälte Halt machen.» Edzards Stallmeister fand, er habe nun lange genug dem Grübeln seines Herrn zugesehen. «Es tut Euch nicht gut und auch den Pferden nicht. Es wäre besser weiterzureiten.»

Edzard sah ihn an, dann wieder in das neblige Land hinaus und nickte.

Hinter dem Dorf wurde der Weg morastig und unsicher, doch im letzten Sommer hatten die Bauern die ärgsten Schlammlöcher mit frischen Bohlen ausgebessert, die Pferde suchten sich sicheren Tritt, und Edzard folgte wieder seinen Gedanken. Es stimmte ja. Ocko hatte damals ein oder zwei schlechte Jahre gehabt, und dann, nach jener Reise zum Ochsenmarkt in Köln, wo er den Dolch gekauft hatte, war sein Wohlstand beständig gewachsen. Fünfzehn Jahre musste es her sein. Er war schon vorher ein reicher Bauer gewesen, aber danach – doch, das stimmte tatsächlich – gelang ihm alles. Seine Pferdezucht wurde schnell die beste im Land und weit über die Grenzen hinaus bekannt, sogar bis ins Französische, Weizen und Gerste auf den Feldern seines Marschenhofes gediehen besser als bei den Nachbarn, egal wie viel Sonne die Sommer brachten, und wenn die Wiesen in den nassen friesischen Wintern mal wieder absoffen, wurden seine zumindest nicht sauer. Wenn die Heidschnuckenherden von Krankheiten heimgesucht wurden, blieben seine verschont, und hatte man je gehört, dass eines der Everenschen Tiere auf den langen Trieben zu den Märkten im Rheinischen verendet war? Dass Räuber oder Soldaten Ockos Vieh und Fuhrwerke geplündert hatten, obwohl er niemals mehr Bewaffnete zu ihrem Schutz heuerte als andere?

Bisher hatte Edzard dennoch geglaubt, Ocko tom Everen habe nicht viel Glück gehabt. Seine Frau war plötzlich gestorben, schon vor vierzehn Jahren an irgendeiner kleinen Wunde, die zu eitern begann und ihr Blut vergiftete. Der mittlere Sohn ertrank bei einem übermütigen Bad im Ewigen Meer, obwohl das zwar ein weiter See mitten im Moor war, aber doch flach wie eine Pfütze. Der Älteste starb unter einem umstürzenden Baum, als Ocko die Eschenallee schlagen ließ. Und der Jüngste? Der war schon vor Jahren, fast ein Kind noch, mit den Soldaten davongelaufen und, so hieß es jedenfalls, irgendwo an der Pest gestorben. Aber das wusste keiner genau. Nur Theda war ihm geblieben. Und sein wachsender Reichtum. Das alles hatte Edzard wohl bedacht und schließlich entschieden, dass der Alte Recht hatte. Theda tom Everen war die richtige Braut für ihn.

Edzard fröstelte. Die Moorluft kroch kalt und feucht unter seine Pelze. Sie mussten dem Hof nun schon sehr nahe sein. Wäre es ein sonniger Tag gewesen, hätten sie ihn gewiss schon gesehen.

«Wir sind bald da», sagte der Stallmeister, als habe er die Gedanken seines Herrn erraten. Und dann hörten sie das helle übermütige Wiehern eines Pferdes, ein Hund bellte, und aus dem Dunst erhob sich als dunkler Schatten der mächtige Hof auf der Geestinsel im Moor.

Die kreisrunde Scheibe der Sonne schimmerte kalt durch den Nebel, als Edzard mit seinen Leuten den festen Grund um das Gehöft erreichte. Ein hochbeiniger schwarzer Hund sprang ihnen aufgeregt bellend entgegen, und die Menschen, die bei einigen Pferden auf der Koppel nah beieinander standen, drehten sich nach den Ankömmlingen um. Schließlich löste sich eine trotz der dicken Tücher schmale Gestalt aus der Gruppe, beschirmte die Augen gegen das diffuse Licht und hob grüßend die Hand.

Da stand sie, nicht scheu und zart, wie es sich für eine Braut gehörte, sondern ganz eine Herrin auf eigenem Land. Sie lächelte, es war auch dieses milde Lächeln, das er so genau kannte und so wenig mochte, und zum ersten Mal dachte Edzard Rowenna, warum es denn nötig sei, die Braut und das Land, die ihm beide nur lästig sein würden, zu nehmen, wenn er tatsächlich nur einen alten Dolch von zweifelhafter Bedeutung wollte.

«Edzard Rowenna. Welch überraschender Besuch.» Ihre Stimme war so klar und kühl wie ihre grauen Augen. In beiden erkannte er nicht die höfliche Ehrerbietung, die ihm und seiner Stellung angemessen waren, sondern leisen, aber deutlichen Spott.

Dummerweise musste er genau in diesem

Moment niesen, gleich dreimal, und die Noblesse und Überlegenheit, mit der er ihr hatte begegnen wollen, waren verloren.

«Seht Ihr? Es war unvernünftig, bei diesem Wetter den weiten Weg über das Moor zu machen. Kommt schnell ins Haus, Quade braut einen guten Tee, der wird Euch wärmen. Ihr kennt Daniel Ettinger?»

Einer der Männer, die bei ihr auf der Koppel gestanden hatten, war näher gekommen und stand nun neben ihr, als sei das sein Platz, was Edzard nicht gefiel.

«Gewiss.» Er scheuchte seinen Stallmeister, der ihm, wie sonst stets gefordert, helfen wollte, mit einer ungeduldigen Handbewegung weg und stieg von seinem Pferd. «Wohlauf, Ettinger? Sucht Ihr wieder Hengste für eure Gräfin?»

Das war eigentlich keine Frage gewesen, aber Daniel Ettinger, der zweite Stallmeister der hessischen Gräfin, neigte grüßend den Kopf und antwortete: «Nein, diesmal für mich selbst. Meine ...»

«Soso», unterbrach Edzard kurz, bot

Theda seinen Arm und marschierte mit vom kalten Ritt steifen Knien auf das große Haustor zu. Ihm gefiel auch nicht, dass der Ettinger ihnen folgte, als sei er ein gleichgestellter Gast. Er kannte ihn schon lange, als tüchtiger Stallmeister war er ein wichtiger Mann im Gefolge der hessischen Gräfin, das wohl, aber eben doch nur ein zweiter Stallmeister. Was hatte er hier zu suchen? Pferde kaufen. Für sich selbst. Als sei er ein reicher Mann. Edzard schluckte. Vielleicht war der Ettinger ein reicher Mann, obwohl er nie so auftrat.

Die kleine Prozession erreichte das Hoftor. Daniel Ettingers Pferdejunge, offenbar seine einzige Begleitung, führte zwei gesattelte Füchse heran, und kurz darauf war der Hesse im Dunst verschwunden. Das Fräulein, fand Edzard, sah ihm länger nach, als es einem beliebigen Pferdekäufer angemessen war.

Theda führte ihren Gast in die Stube, wies ihm den Lehnstuhl vor dem Feuer, und gleich darauf brachte Quade den Tee. Edzard hätte ein heißes Bier oder einen Schuss Kornbrannt vorgezogen, aber er nippte brav an dem dampfenden Becher. Dann erst schälte er sich aus seinen Pelzen, und dann erst fiel ihm ein, dass er versäumt hatte, seiner Braut Geschenke mitzubringen. Er sandte einen grimmigen Gedanken an seine Mutter, die ihn nicht daran erinnert hatte. Sie wusste doch, dass er Wichtigeres zu bedenken hatte als Firlefanz.

Theda saß ihm gegenüber, sehr aufrecht in ihrem hochgeschlossenen Kleid aus feiner dunkelblauer Wolle, und ihr helles Gesicht unter dem blonden Haar schimmerte rotgolden im Licht der Glut. Vielleicht, dachte Edzard, war es doch nicht so schlecht, außer dem Dolch auch die Frau und den Besitz zu bekommen. Er verstand sich gut auf das Geplauder mit Damen, aber unter Thedas Blick, freundlich, auch neugierig, aber doch so gar nicht sanft und ergeben, fiel ihm nichts ein, worüber er plaudern könnte. So richtete er die Grüße seiner Mutter aus, überbrachte ihre Einladung, und gerade noch rechtzeitig fiel ihm ein hinzuzufügen, dass es auch ihm eine große Freude sein werde, Theda, seine verehrte Braut, zumindest über die Christtage in seiner Nähe zu wissen. Bei dieser Gelegenheit, natürlich erst nach den heiligen Tagen, könne man auch endlich die Verträge unterzeichnen, die er mit Ocko, Gott habe ihn selig, vorbereitet habe. Natürlich stehe er auch nach Ockos Tod zu seinem Wort, und selbst wenn das Trauerjahr noch dauern werde, sei es gewiss zu ihrer, Fräulein Thedas Beruhigung, wenn alles seine Ordnung habe.

Theda blickte still ins Feuer. «Ich bin Euch und Eurer Mutter dankbar für die Einladung in Euer Haus», sagte sie schließlich, «es ist eine Ehre. Ihr werdet jedoch verstehen, dass ich gerade in diesen Tagen mein Haus und meine Leute nicht verlassen kann.»

Das verstand Edzard absolut nicht, aber da sie nun schwieg und offensichtlich nicht bereit war oder keine Notwendigkeit sah, weitere Erklärungen abzugeben, schwieg auch er. Theda schien die Unbehaglichkeit des Schweigens nicht zu spüren. Sie lächelte sanft in die Flammen, ihre Hände ruhten in ihrem Schoß, und so blieb Edzard nichts, als bald wieder aufzubrechen. Der Weg sei weit, und wenn er vor der Dunkelheit sicheren Grund erreichen wolle, müsse er eilen. Gewiss, sagte Theda – immer wieder dieses lächelnde «Gewiss!» –, es rieche nach Schnee, sie wolle ihn nicht aufhalten, aus Sorge um seine Sicherheit. Er möge seiner Frau Mutter die ehrerbietigsten Grüße ausrichten. Falls das Wetter es erlaube, werde sie am Christtag zum Gottesdienst in die Stadt kommen und, wenn es genehm sei, anschließend ihre Aufwartung machen.

Edzard hätte gerne nach dem Dolch gefragt. Aber wie hätte er das tun sollen? Er könnte sagen: Euer Vater war mir ein lieber Freund, nichts würde mich glücklicher machen, als ein Andenken an ihn zu tragen. Er hat da von einem Dolch geredet, einer schmucken, aber ganz unbedeutenden alten Waffe, die einer Frau kaum zu tragen ansteht. Wenn Ihr ihn mir verkaufen wollt, damit ich sein Andenken ehren kann …

Nein, das war nicht gut. Zum einen war Ocko niemandes Freund gewesen. Wer wusste das besser als Theda? Zum anderen erbat man nicht ein wertvolles Stück aus der Hinterlassenschaft eines Toten, egal, wie reich er gewesen war. Schon gar nicht, wenn man dessen Besitz sowieso bald zu erheiraten gedachte. Nein, das war gar nicht gut. Zudem: Edzard war ein erfahrener Händler. Er wusste, dass es nur von Nachteil sein konnte, das, was man sich am stärksten wünschte, als begehrenswert zu verraten.

Aber er konnte sich den Dolch als Hochzeitsgabe erbitten. Ja, das war besser, viel besser. Als Hochzeitsgabe von seiner Braut im Andenken an ihren Vater. Das war nur recht und billig und nach altem Brauch. So würde er es machen. Auch wenn es ihm gar nicht passte, so lange warten zu müssen. Das Jahr war hart gewesen, seine Geschäfte konnten ein kleines Wunder brauchen.

Erst als er den Bohlenweg bei Tannenhausen erreichte, es dämmerte schon, und den Dunst des Moores endlich hinter sich ließ, fiel ihm auf, dass Theda nichts zu der Unterzeichnung der Verträge gesagt hatte. Er erinnerte sich auch erst jetzt daran, dass sie dem Ettinger zum Abschied die Hand gereicht, ihm, ihrem Bräutigam, hingegen nur zugewinkt hatte. Auch der Ettinger hatte mit Ocko Geschäfte gemacht. Der Hesse war ein Fremder, aber man hatte ihn oft mit dem alten tom Everen gesehen. War er, Edzard Rowenna, womöglich nicht der Einzige, dem Ocko von dem Dolch und seiner seltsamen Kraft erzählt hatte?

Und Theda? Wusste sie darum? Oder stand sie nun gar bei ihren Pferden auf der Koppel und lachte über ihn, weil sie etwas ganz anderes wusste? Nämlich dass Ocko ihm eine phantastische Lügengeschichte aufgebunden hatte, damit er Theda zu seiner Frau machte?

In dieser Nacht schlief Theda wenig und unruhig. Immer wieder erwachte sie aus flachem Schlaf. Der Sturm, dachte sie dann, es ist nur der Sturm. Aber sie wusste, dass das nicht stimmte. Wohl heulte es um das Haus, seit gegen Mitternacht der Himmel klar geworden und ein scharfer Nordwest aufgekommen war. Aber nein, es war nicht der Sturm, es waren die Träume, die ihr in dieser Nacht die Ruhe raubten. Sie kamen nicht zum ersten Mal, aber nie zuvor waren sie so deutlich und so bedrängend wie in dieser Nacht nach dem Besuch Edzard Rowennas. Und Daniel Ettingers.

Sie träumte oft, aber sie hatte doch immer gewusst, dass es nur Träume gewesen waren, an die sie sich am Morgen erinnerte. In den letzten Wochen war sie nicht mehr so sicher, und besonders in dieser Nacht vermochte sie nicht zwischen Bildern des Schlafs und des Wachens zu unterscheiden. Da war Ocko gewesen, jung und froh, wie sie ihn aus ihren Kinderjahren in Erinnerung hatte, sein Gesicht glatt und ohne den Bart seiner späten Jahre, das Haar schwarz und stark. Sie hatte es nicht berührt in diesem Traum, aber doch gewusst, dass es weich war und nach frischem Heu roch. Und dann kam das Licht, von dem sie nicht glaubte, dass es in ihrem Traum geflackert hatte, sondern hinter dem Fenster über dem Moor leuchtete. Es war ein helles Licht und doch voller Düsternis, weiß, und am Ende wartete ein rötlicher Schimmer. Der wurde langsam größer, und plötzlich sah sie wieder Ocko, nun alt, narbengesichtig und struppig, mit harten Händen und flehenden Augen, er flüsterte etwas, immer wieder etwas, das sie nicht verstehen konnte. «Vater», wollte sie rufen, «sprich lauter, Vater. Sag mir, was ich wissen muss.» Aber ihre Stimme blieb ohne Ton. «Ins Moor», flüsterte er, und sein Atem rasselte wie in seiner letzten Stunde, «tief ins Moor.»

Dann war sie erwacht, nass von Schweiß und frierend von der Kälte der Nachtluft. War aus ihrem Bett gesprungen wie auf der Flucht und glaubte hinter dem Fenster immer noch das Licht zu sehen. Doch das war unmöglich, da konnte kein Licht sein, und als sie zornig vor Angst die Fensterflügel aufstieß, war es tatsächlich verschwunden.

Sie atmete tief die kalte Luft. Kein Laut drang herein, nicht einmal das unruhige Scharren der Hufe der Tiere, die in langen Reihen in ihren Ställen unter dem gleichen Dach standen. Da war nur noch der Wind, und die Nacht war schwarz wie das Wasser der Tümpel im Moor, die alles und für die Ewigkeit verschlangen, was ihnen zu nahe kam.

Edzard war nicht in ihrem Traum gewesen, doch er war es, an den sie beim Erwachen gedacht hatte. Als sei er doch in dem Traum gewesen, nahe bei Ocko.

Sie hatte nichts gegen die Heiratspläne ihres Vaters für sie einzuwenden gehabt. Sie kannte Edzard nur wenig, aber er war ihr nicht schlechter als andere erschienen. Nun war sie nicht mehr so sicher. Sie schloss behutsam das Fenster, zündete eine Kerze an und wickelte sich in das große Wolltuch, das ihr Bett bedeckte. Sie hatte etwas Seltsames gespürt, als er heute mit ihr vor dem Feuer saß. Sie suchte nach dem richtigen Wort. Begehrlichkeit, fiel ihr ein, aber sie glaubte nicht, dass es das war. Er hatte sie stets höflich behandelt, hatte sich auch bemüht, heitere Reden mit ihr zu führen, wenn sie im Haus seiner Mutter zu Besuch war, im letzten Sommer, als sie sehr wohl wusste, dass diese Besuche mehr bedeuteten als die früheren in anderen Häusern. Einmal, als niemand hersah, hatte er sogar einen Finger unter ihr Kinn gelegt, aber es schien ihm keine Freude zu bereiten. Damals hatte sie nichts gespürt, was Begehrlichkeit sein konnte. Dennoch, heute vor dem Feuer war da etwas gewesen. Es hatte ihr nicht gefallen, und nun gefiel es ihr noch weniger. Daniel Ettinger hatte sie niemals so berührt. Aber das hätte ihr gefallen. Das Letzte war nur ein flüchtiger Gedanke, sie schob ihn eilig weg. «Tief ins Moor», hörte sie wieder das Flüstern, «tief … der Kasten.» Das war nicht in ihrem Traum gewesen. Oder hatte sie es nur vergessen? Immer vergaß man das Wichtigste aus den Träumen.

«Warum schläfst du nicht, Kind?»

Theda drehte sich erschrocken um. Quade

stand hinter ihr, in einem langen leinenen Nachtgewand, ein dickes braunes Tuch fest um Kopf und Schultern gewunden. Sie hatte sie nicht kommen gehört. Nur Quade konnte über die Dielen des Hauses gehen, ohne dass sie knarrten.

«Geh zu Bett, Theda, es ist keine gute Nacht.» Die Alte griff nach dem herunterhängenden Vorhang und schob ihn wieder auf den Haken. «Keine gute Nacht», murmelte sie noch einmal. «Geh zu Bett und sieh nicht aus dem Fenster. Mitten in der Nacht.»

Theda lächelte. Es war nicht Quades Art, Sorge zu zeigen. Sie habe nur geträumt, versicherte sie, gleich werde sie wieder schlafen, Quade solle nur in ihre Kammer gehen.

Die Alte sah das Mädchen an, das in den letzten Monaten so erwachsen geworden war, sah sie schweigend an. «War da ein Licht?», sagte sie schließlich. «In deinem Traum? Kümmere dich nicht um das Licht, Theda. Es ist nicht wirklich.»

«Geh schlafen, meine Alte. Da war kein Licht. Du siehst doch selbst, wie schwarz die

Nacht ist.» Theda wusste nicht, warum sie log. Aber log sie denn? Da war tatsächlich kein Licht. Und war Quades Frage nicht auch seltsam? So seltsam wie das Gefühl, das bei dieser Frage von ihr Besitz ergriff? Ein Gefühl von Kälte, das dennoch angenehm war, eine kalte Stärke.

Quade erschien ihr plötzlich sehr klein und sehr weit entfernt. Sie war immer da gewesen, Theda kannte kein Leben ohne sie. Nun betrachtete sie die Alte und dachte, wie lange sie noch kräftig genug sein würde, für ihr Brot zu arbeiten. Sie erschrak vor diesem Gedanken, umarmte die alte Frau rasch und schickte sie fort: «Geh schlafen, meine Gute. Der Morgen kommt schnell, und er bringt viel Arbeit.»

Sie hörte ihrer eigenen Stimme zu und fragte sich, warum sie ihr so fremd erschien. Das war gewiss nur eine Folge der Träume.

Quade verschwand, glitt davon, geräuschlos wie immer. Theda hob den Vorhang und warf einen letzten Blick in die Nacht hinaus. Nein, da war kein Licht.

Geh zu Bett, hatte Quade gesagt. Aber Theda ging nicht zu Bett. Sie nahm die Kerze, und als wüssten ihre Füße ganz von allein, was sie tun mussten, ging sie in Ockos Kammer, achtete nicht auf das Knarren der Dielen, spürte nicht die klamme Kälte des Raumes, den sie seit dem Tod ihres Vaters nicht mehr betreten hatte. Sie stellte den Leuchter auf den Tisch, dann öffnete sie die große Truhe neben Ockos Bett.

Ihre Hände fanden das Kästchen schnell. Es war aus poliertem Holz, so schwarz, wie sie nie zuvor welches gesehen hatte. «Tief ins Moor», flüsterte es in ihrem Kopf. Aber sie achtete nicht darauf, sie öffnete das Kästchen und sah, gebettet auf dunkelblauem Samt, einen Dolch. Er musste alt sein, älter als Ocko, älter als alle Vorfahren der alten Häuptlingsfamilie, von denen er früher erzählt hatte. Die lange, schmale Klinge war matt, der Griff aus schwerem Metall, eine Gravur auf der Klinge war im Kerzenlicht nur schwach zu erkennen. Da war am Anfang ein K, dann ein A, am Ende ein U und ein S. Was mochte das bedeuten? War es ein Name? Der Name dessen, der diese Waffe zuerst besessen hatte? Vor wie langer Zeit?

Die Zeichen des Alters und des Gebrauchs verbargen die Kostbarkeit des Dolches nicht. Die Steine, die ihn schmückten, leuchteten im matten Schein der Kerze auf, als glühten sie im Licht des Mittags, wenn die Sonne am höchsten stand. Es waren Rubine und Granaten, und einer in ihrer Mitte, der größte, war von klarem Grün. Das konnte nur ein Smaragd sein. Theda hatte niemals einen gesehen, aber sie hatte von diesen Edelsteinen aus den Ländern weit westlich des südlichen Ozeans reden gehört. Sie standen im Ruf, heilende Kräfte zu haben und den Liebenden und den Königen zu dienen. Einer der Edelsteine war aus seiner Fassung gefallen und lag auf dem Samt. Ein besonders großer Stein, wie ein Granat, jedoch mit einem violetten Schimmer und glatt wie schwere Seide.

Theda strich mit den Fingerspitzen über

den Schaft, berührte die Steine, und ihr schien, als sei die alte Waffe von einem rotgoldenen Leuchten umgeben, das alles umschloss, was mit dem Dolch verbunden war, auch sie selbst. «Tief ins Moor», hatte die sterbende Stimme ihres Vaters, hatte auch die Stimme in ihrem Traum gefleht. Hatte er diesen Dolch gemeint? Sollte sie ihn im Moor versenken? Dann konnte es nicht die Stimme ihres Vaters gewesen sein. Ocko hätte niemals erlaubt, eine solche Kostbarkeit im Moor zu versenken.

Im Dunkel des Ganges von Ockos Kammer zur großen Diele stand Quade. Sie hatte das rostige Schaben der Scharniere gehört und wusste, nun würde alles noch einmal beginnen. Noch mehr Reichtum, um den Preis von Liebe und Zufriedenheit. Noch mehr Leid.

Im Februar, es war immer noch Friede, doch die Hessen waren auch immer noch im Land, sprach man überall davon, dass die hessische Gräfin vier Hengste aus der Everenschen

Zucht für ihre heimatlichen Ställe gekauft habe. Die Hoffnung, die Hessischen würden nun bald abziehen, wuchs. Theda tom Everen, so hieß es, habe einen Preis erhandelt, den selbst Ocko niemals zu fordern gewagt hätte. Zwei der Hengste, aber das wurde nur geflüstert, sollten tatsächlich Geschenke für den Kaiser sein, und jeder, der auf sich und seine Ställe hielt, beeilte sich, auch einen Everenschen Hengst zu kaufen. Aber Theda war spröde, vertröstete auf den Frühsommer, auf die Zeit nach der Körung, und verkaufte doch, wenn der gebotene Preis in ähnlich schwindelnde Höhen kletterte wie bei ihrem Handel mit dem Beauftragten der Gräfin. Beinahe, so sagten die Leute auf dem Auricher Viehmarkt, habe sie sogar Cirk an den Bischof zu Münster verkauft. Der Hengst habe sich jedoch bei der Vorführung so wild gebärdet, dass der bischöfliche Beauftragte etwas von Satansvieh gemurmelt und eilig den Hof verlassen habe. Aber diese Geschichte glaubte niemand im Auricher Land. Cirk, das wusste jeder, war nicht nur einer der besten Everenschen Zuchthengste, Theda liebte ihn auch wie kein anderes Tier (manche sagten sogar: Wie kein anderes Wesen unter dem Himmel), seit er als Einjähriger aus der Wildpferdeherde auf Juist gefangen und auf den Everenschen Hof gebracht worden war. Niemals würde sie ihn verkaufen. Es sei denn, Theda tom Everen wurde nun doch wie Ocko.

Man hatte sie lange nicht mehr gesehen in Aurich. Nicht einmal zum heiligen Christfest war sie gekommen, die Wege seien zu schlammig gewesen, hörte man von dem Hof im Moor. Das mochte stimmen oder nicht. Für den Ettinger jedenfalls, den zweiten hessischen Stallmeister, waren sie es nicht. Selbst im Januar, der zuerst schneeigen Regen und schließlich noch mehr Nebel gebracht hatte, sah man ihn ins Moor reiten. Aber auch ihm schien dieser Weg nun beschwerlicher zu sein. Wenn er früher zurückgekommen war, im Spätsommer vor Ockos Tod und noch bis zum letzten Christfest, war seine Miene stets heiter gewesen. Es kam sogar vor, dass er seinen Fuchs bei der Heimkehr voller Übermut über die Auffahrt zum Schloss hinaufjagte, als sei er ein Junge und nicht ein Mann von schon bald dreißig Jahren in würdiger Stellung. Nun brachte er frostige Kälte mit zurück, und sein Pferdejunge, der ihn auch jetzt als Einziger begleitete, musste manchen ungerechten Rüffel einstecken. Darüber redete niemand, es erschien den Leuten nicht wichtig. Edzard Rowenna, dem das allerdings sehr wichtig erschien, erfuhr es trotzdem und war zufrieden.

Auch er hatte sich wieder auf den Weg über das Moor gemacht, und auch diesmal kehrte er noch am gleichen Abend nach Aurich zurück. Seine Leute, die ihn begleitet hatten, sagten, er sei sehr verstimmt. Fräulein Theda habe ihn höflich empfangen, aber – natürlich wisse man das nicht so genau, wer wage schon zu lauschen, wenn der Rowenna mit seiner Braut rede – aber das Fräulein sei doch sehr viel harscher gewesen als bei seinem letzten Besuch vor dem

Christfest. Sowieso seien ihre Züge kälter geworden, was gewiss nur an der vielen unweiblichen Arbeit und dem harten Winter liege, dennoch, ihr Blick, ihr ganzes Wesen scheine nicht mehr so heiter, wie man es gekannt hatte. Tatsächlich habe sie begonnen, mit dem Rowenna über den immer noch nicht unterzeichneten Ehevertrag zu streiten, nun, eigentlich habe sie nicht gestritten, nicht einmal habe sie ihre Stimme erhoben. Aber auch wenn man es natürlich nicht genau sagen könne, so sei doch gewiss, dass sie jetzt zumindest eine weitaus höhere Brautgabe fordere und eine Erbregelung, die dem Rowenna völlig unannehmbar sein musste. In Theda, so sagten die Leute nun, fließe eben doch mehr von Ockos als von Annas Blut.

Der Februar ging ungewöhnlich milde und trocken zu Ende. Die Singschwäne und wilden Gänse sammelten sich schon für ihren Flug nach Nordosten, der Sommer würde in diesem Jahr früh kommen. An einem dieser lieblichen Tage ritt Edzard Rowenna wieder über das Moor. Das Jahr hatte für ihn schlecht begonnen. Nicht nur seine unbequeme, störrische Braut machte seine Tage beschwerlich. Schon im vergangenen Jahr waren ihm nicht nur gute Geschäfte gelungen, das hatte seinem Haus geschadet, aber seinen Wohlstand noch nicht bedroht. Aber nun hatte er sich auf einen Handel eingelassen, der nicht dem guten Brauch entsprach, so nannte er es jedenfalls für sich. Er hatte ertragreich betrügen wollen und war dabei selbst einem Betrüger aufgesessen, der sich auf diese Dinge sehr viel besser verstand als er. Der war nun auf und davon, mit viel zu viel von Edzards Geld, und hatte ihm nur die falschen Wechselbriefe zurückgelassen. Der Teufel mochte wissen, warum er sich auf so etwas eingelassen hatte. Nun war auch noch ein Emdener Schiff verschollen, an dem er hoch beteiligt war, und es gab kaum mehr Hoffnung auf eine verspätete Rückkehr. Es galt als sicher, dass es vor der französischen Küste Korsaren in die Hände gefallen und auf Nimmerwiedersehen verschwunden war. Mit Mann und Maus und Ladung. Es war eine kostbare Ladung gewesen, feine Tuche und edle Hölzer, Zucker und französische Weine. Auch viel Silber aus den spanischen Kolonien, aber von dem hatte niemand gewusst. So wusste auch niemand, wie schlecht es um das Haus Rowenna stand. Nicht einmal Christine. Das war das Einzige, das Edzard ein wenig besser schlafen ließ. Seine Mutter würde ihm seine Leichtfertigkeit niemals verzeihen, deshalb durfte sie auch nie erfahren, welchen Schaden er seinem Haus und Erbe zugefügt hatte.

Als Edzard und seine Männer hinter Tannenhausen in den Moorpfad einbogen, standen drei Gestalten am Weg, schmutziges mageres Gesindel. Keiner zog ehrerbietig die Mütze, keiner beugte sich, Edzard glaubte ihre frechen Blicke noch lange im Rücken zu spüren. Es zog nun immer mehr Lumpenpack herum, ehemalige Kätner und Knechte, jetzt ohne Land, Lohn und Brot zu Dieben und Bettlern geworden. Schwächlinge und Taugenichtse, dachte Edzard. In harten Zeiten zeigte sich eben, wer etwas wert war und wer nicht.

Der Pfad schien ihm morastiger denn je. Die Pferde gingen langsam und schwer, suchten Schritt um Schritt auf dem schwarzen, schwankenden Boden. Der Stallmeister der Rowennas kannte das Moor, er kannte auch diesen Weg, Edzard vertraute ihm und seiner Erfahrung. Die Sonne schien matt, und das Moor, dessen Schönheit Edzard nie hatte erkennen können, reichte ihm als feindliche Öde bis zum Horizont. Irgendwo im Norden begannen das Watt und die See, nur eine Tagesreise entfernt, wäre das Moor in dieser Region nach Norden hin nicht undurchdringlich gewesen. Dazwischen, bis auf den grünen Streifen der fruchtbaren nördlichen Marsch vor ihren Deichen, nichts als nasse schwarze Erde, tückisch und tödlich für die, die sie zu betreten wagten, darin schwankende Inseln von winterbraunem Sumpfgras, schwarz glitzernde Tümpel.

Dann in der nahen Ferne die unter dem hohen Himmel kaltblau schimmernde Fläche des Ewigen Meeres, jenes Sees, in dem einst Ockos mittlerer Sohn ertrunken war. Edzard blickte zum Himmel, als könne er sich an dessen Helligkeit laben, aber er sah sich nur geblendet. Nicht ein Vogel war zu sehen. Das Moor, in dem es im Sommer bei aller Stille doch summte und lebte von all den seltsamen Vögeln und Insekten, die diese Landschaft zu ihrer Heimat gewählt hatten, lag trotz der frühlingshaften Milde des Tages in bedrückender Lautlosigkeit.

Edzard hätte seinem Stallmeister gerne einen schnelleren Gang befohlen, aber er wusste, dass das unmöglich war. Also kroch er tiefer in seinen Umhang aus dickem schottischem Tuch und überlegte, was er Theda sagen wollte. Er musste nun klug sein. Besser noch: listig. Der Notarius, der mit dem Pferdejungen hinter ihm ritt, trug den Ehevertrag in seiner Tasche. Heute *musste* sie ihn unterzeichnen. Nur diese Unterschrift, die ihm schon bald die Verfügung über den ganzen Everenschen Besitz sicherte, würde ihm neue Kreditgeber bringen.

Und wenn ihm das nicht gelang? Dann musste er den Dolch bekommen. Der Vertrag war das Wichtigste, natürlich, alles andere war nur Spökenkram, unsicher, reine Spekulation. Dennoch, sosehr er sich auch dagegen wehrte, er dachte immer nur an den Dolch. Er sah ihn in seinen Träumen, jedes Mal war er blitzender und prächtiger, und manchmal, wenn er erwachte, fühlte er noch den Schaft in seiner Hand, als habe er in der Nacht die Klinge geführt, gegen einen Feind, einen Fremden, der ihn vernichten wollte. Es war stets ein siegreiches Gefühl, und nach diesem Gefühl, das für ihn unlösbar mit dem Besitz des tatsächlichen Dolches verbunden schien, war er nun gierig wie nach nichts sonst.

Der Dolch, hatte Ocko gesagt, müsse weiterwandern, er wisse auf geheimnisvolle Weise selbst, wer ihn am besten zu nutzen verstehe. Spökenkram. Dummer heidnischer Spökenkram. Und doch. War es nicht vielleicht tatsächlich der Dolch selbst, der nach Edzard strebte, der dieses Begehren in ihm auslöste, das er zuvor für nichts und niemanden gekannt hatte? Er musste ihn bekommen.

Es würde nicht leicht sein. Der Dolch konnte ihr inzwischen nicht mehr nur irgendeine alte Waffe aus dem Nachlass ihres Vaters sein, kostbar, aber sonst ohne Bedeutung. Er wusste, dass sie ihn trug. Was sollte es sonst gewesen sein, was er bei seinem letzten Besuch im Januar in dem feinledernen Futteral an ihrem Gürtel gesehen hatte, als ihr Umhang einmal aufwehte. Warum hatte er nicht einfach gefragt: «Was tragt Ihr an Eurem Gürtel, Theda?» War es nicht ungewöhnlich genug, ja unschicklich für eine Frau von guter Herkunft, eine Waffe zu tragen wie in den rauen Zeiten, als die alten heidnischen Götter noch regierten? Er hatte nicht gefragt, aus kindlich dummer Scheu, sie könnte die Gedanken hinter seinen Worten hören. Das war ungeschickt gewesen, nun gut, heute wollte er es besser machen. Er wusste noch nicht wie, aber war ihm nicht stets zur rechten Zeit ein guter Einfall gekommen?

Eine Rohrweihe flog auf, ihr kurz keckernder Schrei und heftiger Flügelschlag schreckten ihn aus seinen Gedanken; sein Rappe begann vor dem großen dunklen Vogel nervös zu tänzeln, und nur wenige Ellen vor einem glucksenden Wasserloch gelang es Edzard, ihn wieder zu beruhigen. Er schwitzte. Und verfluchte die Frau, die ihm diese Schrecken und Mühen auferlegte.

Wieder stand eine kleine Gruppe von Menschen am Rande der Koppel, schwarze Silhouetten gegen die wintertief stehende, dunstig verhangene Sonne, als Edzard den Hof erreichte. Wieder löste sich Thedas schmale Gestalt und schritt ihm langsam entgegen, wieder folgte eine zweite. Daniel Ettinger, Cirk am Zügel mit sich führend. Für einen Moment glaubte Edzard sich in einem Traum, der sich Nacht für Nacht wiederholte. Er neigte grüßend den Kopf und stieg von seinem Rappen. Über das, was dann geschah, wurden später die unterschiedlichsten Geschichten erzählt. Aus der Schreibstube im Auricher Schloss, in der Edzards Notarius häufig verkehrte, hörte man, es sei gleich zum Streit gekommen. Auf dem Pferdemarkt im April hieß es, man habe zuerst gespeist und auch Wein getrunken, jedenfalls müsse der Rowenna getrunken haben, niemals hätte er sich sonst zu einem solchen Handeln hinreißen lassen. Die Küsterin von Lamberti schließlich, eine wahrhaft fromme Frau, wusste zu berichten, dass die alte Quade an allem schuld sei, die habe von jeher den bösen Blick.

An jenem Tag im Februar jedenfalls kam es zum Streit, egal ob mit oder ohne Wein, egal ob Theda oder Edzard die ersten harten Worte gesprochen hatte. Alle, die dem Spektakel beiwohnten, in respektvoller Entfernung, aber doch nahe genug, konnten klar und deutlich hören, wie Theda schließlich dem Rowenna sagte, sie denke nicht daran, den Vertrag zu unterschreiben, sie denke überhaupt nicht mehr daran, ihn zu heiraten. Schon gar nicht denke sie daran, mit ihrem Besitz seine leere Kasse zu füllen. Woher sie damals schon vom Rowennaschen Niedergang wissen konnte, verstand niemand. Auch Edzard nicht, er verbat sich die Beleidigung, und da lachte Theda. Er solle sich doch eine reiche Tochter in Emden suchen. Dort sei eine vielleicht dumm genug, einen wie ihn …

Dann ging alles sehr schnell. Noch einmal lachte Theda, und da stürzte Edzard Rowenna auf sie zu, stieß sie zurück, ob blind vor Zorn oder vor Verzweiflung, wer wusste das zu entscheiden?, und griff nach der Waffe an ihrem Gürtel. Das Futteral zerriss, und da stand Edzard, den Dolch erhoben, bebend vor Erregung. Die Menschen auf der Koppel erstarrten, Daniel Ettinger jedoch ließ Cirks Zügel los und sprang nach vorn, fiel dem Rowenna in den Arm, der stach wütend zu, einmal, zweimal, und der Ettinger fiel mit blutender Brust. Blitzschnell griff Edzard in die lange Mähne des Apfelschim-

mels, schwang sich in den Sattel des zorni-
gen Tieres und drückte ihm die Stiefel in die
Flanken, der Hengst stieg, dann sprang er
mit einem großen Satz nach vorn und galop-
pierte davon. Doch er raste nicht hinüber auf
den Weg nach Aurich, er flog gleichsam über
den heidekrautüberwucherten Weg zwischen den Eschenstümpfen direkt ins Moor,
verschwand im Dunst, der dort, obwohl die
Sonne doch erst im Mittag stand, rötlich
gleiste wie bei Sonnenuntergang.

Am nächsten Tag fand man Edzard Rowenna am Rande des Moores nicht weit von
Marienhafe. Niemand konnte sich erklären,
wie er dorthin gekommen war. Er war tot,
mit zerschlagenen Knochen und ausgeraubt
bis aufs Hemd. Seine kostbaren Stiefel und
Kleider, die Ringe und die goldene Kette an
der Weste – alles war verschwunden. Auch
einen Dolch fand man nicht bei ihm. Fremde
Soldaten, nach dem Ende des Krieges auf
dem Weg in ihre ferne Heimat, hatten ihn
ausgeraubt. Oder einige dieser heimatlos ge-

wordenen Landleute, die man als Landstreicher nun auch in Friesland immer öfter traf. Wer sonst? Ob die ihn auch erschlagen hatten, blieb ungewiss. Man hatte schon oft erlebt, dass die Hufe wilder Hengste zu mörderischen Waffen wurden. Aber war das nicht unmöglich? Niemals konnte es Cirk gelungen sein, einen Weg durch das Moor nach Marienhafe zu finden. Es gab dort einfach keinen. Cirk, daran bestand kein Zweifel, war im Moor versunken. Als im Sommer einer von den Inseln herüberkam, der früher in den Everenschen Ställen Pferdejunge gewesen war, und behauptete, bei den Wildpferden auf Juist habe ein fremder Hengst die Führung der Herde übernommen, er müsse übers Watt vom Festland gekommen sein und sehe genauso aus wie Cirk, glaubte ihm das niemand.

Und Theda? Niemand wusste, ob sie um Edzard trauerte, ob sie ihn hasste oder ob sie ihm verziehen hatte. Sie sprach niemals wieder über Edzard Rowenna. Sie kam in den nächsten Wochen nicht nach Aurich, sondern blieb auf ihrem Hof im Moor und pflegte den Ettinger, bis seine Wunden genug verheilt waren, dass er wieder zu den hessischen Ställen in der Stadt zurückkehren konnte. Edzard hatte nicht gut gezielt, und auch wenn es einige Zeit ungewiss gewesen war, ob der Ettinger seinen Wunden erliegen werde, gewann er bald seine alte Kraft zurück.

Danach sah man Theda wieder öfter in Aurich. Immer in Begleitung Quades, von der es in den ersten Februarwochen geheißen hatte, sie werde den Winter nicht überstehen, eine Mattigkeit habe sie ergriffen, sie sieche dahin, von Theda nur im Nötigsten gepflegt. Nein, die alte Quade war wieder grimmig wie stets und bei all ihrer Hagerheit kräftig und gesund. Theda, das spürten die Auricher schnell, hatte die Härte, die so sehr an Ocko erinnert hatte, wieder verloren. Mehr denn je glich sie in diesem Sommer Anna, ihrer freundlichen Mutter. Zum Pfingstfest hatte sie gar der Lambertkirche einen silbernen Taufpokal gestiftet, den ein beachtlicher

Stein schmückte, rot wie Granat, aber mit seltsam violettem Schimmer.

Als der Mai kam, verließ der Ettinger mit einer kleinen, aber schwer bewaffneten Abteilung der hessischen Armee das Land, um die Everenschen Hengste, die die Gräfin im vergangenen Winter gekauft hatte, nach Kassel zu bringen. Die beiden Stuten und den Hengst, die er selbst von Theda gekauft hatte, ließ er in ihren Ställen im Moor zurück. Sie würden dort auf ihn warten. Aber das wusste nur Theda. Und Quade, die immer alles wusste.

Das nächtliche Licht am Ende der toten Eschenallee tauchte nie wieder auf, auch der Dunst über dem Moor schimmerte nur noch vor Sonnenuntergang rötlich. Und im Juni, als die Bäume auf der Geest unter dem endlosen friesischen Himmel schon alle grün und die Marschwiesen bunt waren von Löwenzahn, Sumpfdotter, Pechnelke und Wiesenschaumkraut, als im Moor die Libellen über den Tümpeln flimmerten, der rote Sonnentau seine klebrigen Tentakel nach Mücken und winzigen Käfern streckte und der Fieberklee zarte weiße Büschelblüten entfaltete, da wuchs aus den alten Stümpfen der Eschen frisches Laub. Die Leute sagten, es sei ein Wunder. Nur Quade sagte nichts.

rororo **Bestseller** aus dem
Belletristik- und Sachbuch-
programm **großer Druckschrift.**

Rita Mae Brown /
Sneaky Pie Brown
Mord in Monticello *Ein Fall für
Mrs. Murphy. Roman*
(rororo Großdruck 33148)

Friedrich Dönhoff /
Jasper Barenberg
Ich war bestimmt kein Held
*Die Lebensgeschichte von
Tönnies Hellmann,
Hafenarbeiter in Hamburg*
(rororo Großdruck 33151)

Elke Heidenreich
Kolonien der Liebe
Erzählungen
(rororo Großdruck 33119)

Petra Hammesfahr
Der Ausbruch
Erzählungen
(rororo Großdruck 33176)

Peter Høeg
Reise in ein dunkles Herz
Erzählungen
(rororo Großdruck 33177)

Asta Scheib
Eine Zierde in ihrem Hause
*Die Geschichte der Ottilie
von Faber-Castell. Roman*
(rororo Großdruck 33172)

Harper Lee
Wer die Nachtigall stört...
Roman
(rororo Großdruck 33140)

Petra Oelker
Der Sommer des Kometen *Ein
historischer Kriminalroman*
(rororo Großdruck 33153)
Tod am Zollhaus *Ein
historischer Kriminalroman*
(rororo Großdruck 33142)

Rosamunde Pilcher
Ende eines Sommers *Roman*
(rororo Großdruck 33134)
Wilder Thymian *Roman*
(rororo Großdruck 33150)
Sommer am Meer *Roman*
(rororo Großdruck 33102)

Oliver Sacks
**Der Mann, der seine Frau mit
einem Hut verwechselte**
(rororo Großdruck 33121)

Carola Stern
Der Text meines Herzens
*Das Leben der
Rahel Varnhagen*
(rororo Großdruck 33136)
**"Ich möchte mir Flügel
wünschen"** *Das Leben der
Dorothea Schlegel*
(rororo Großdruck 33123)

Elizabeth Marshall Thomas
Das geheime Leben der Hunde
(rororo Großdruck 33147)

Weitere Informationen in der
Rowohlt Revue, kostenlos im
Buchhandel, oder im **Internet:
www.rororo.de**

Bestseller

rororo Großdruck

3455/9

Petra Oelker
Tod am Zollhaus *Ein
historischer Kriminal-
roman*
(rororo 22116 und als
Großdruck 33142)
Mit ihrem ersten Roman um
die Komödiantin Rosina
eroberte Petra Oelker auf
Anhieb die Taschenbuch-
Bestsellerlisten.

Der Sommer des Kometen
*Ein historischer
Kriminalroman*
(rororo 22256 und als
Großdruck 33153)
Hamburg im Juni des Jahres
1766: im nahen Altona
sterben kurz nacheinander
drei wohlhabende Männer
unter seltsamen Umständen.
Und wieder nimmt sich die
Schauspielerin Rosina mit
ihrer Truppe der Sache an.

Lorettas letzter Vorhang
*Ein historischer
Kriminalroman*
(rororo 22444)
Hamburg im Oktober 1767:
Zum drittenmal geht Rosina
gemeinsam mit Großkauf-
mann Herrmann auf Mörder-
jagd.

Die ungehorsame Tochter
*Ein historischer Kriminal-
roman*
(rororo 22668)

Die zerbrochene Uhr
*Ein historischer Kriminal-
roman*
(rororo 22667)

Neugier *Bibliothek der
Leidenschaften*
(rororo thriller 43341)

PETRA OELKER
Die ungehorsame Tochter
EIN HISTORISCHER KRIMINALROMAN

Bild der alten Dame
(rororo 22865)

Petra Oelker u. a.
Der Dolch des Kaisers *Eine
mörderische Zeitreise*
(rororo thriller 43362)
Petra Oelker, Charlotte
Link, Siegfried Obermeier,
Thomas R. P. Mielke u. a.
beschreiben die unheilvolle
Reise eines Dolches durch
die Jahrhunderte, in denen er
seinen Besitzern Mord, Verrat
und Totschlag bringt.

Petra Oelker (Hg.)
Eine starke Verbindung *Mütter,
Töchter und andere
Weibergeschichten*
(rororo 22752)
Die Geschichten namhafter
Autorinnen erzählen von
Erlebnissen mit der anderen
Generation.

Der Klosterwald
352 Seiten. Gebunden
Wunderlich

Weitere Informationen in der
Rowohlt Revue, kostenlos in
Ihrer Buchhandlung, und im
Internet: www.rororo.de

rororo